U0007411

謝謝！

二〇一九年三月二日

こうの史代

我想寫信給太陽

河野史代
こうの史代

韓宛庭——譯

台湾の皆さん、こんにちは！

この作品は、2011年8月からの東日本のあちこちの風景を描きとめたものです。

2011年3月11日、東日本大震災が起きた時、わたしは東京に住んでいました。震源からは300km以上も離れており、幸い家も壊れず、けがもありませんでしたが、この時、わたし達のくらしが東北地方と強く結びつき、支えられていたことに気づかされました。それで、ほとんど行ったことのなかった東北地方に、勇気を出して行ってみることにしたのでした。

この冬は、台湾にも震災がありましたね。

震災の記憶は、日々遠ざかってゆきます。時が解決することもありますが、忘れないでおきたいこともたくさんあります。わたしに出来ることなど、何もないかも知れない。けれど、誰かが何かを語ってくれようとする時、せめて、その人のほうを向いていよう、と今は思っています。

ここに描いた街は、わたしにとってはもう、知らない場所ではありません。いつでもその街のほうを向くことができます。

あなたにも、ほんのすこしでも、そう感じていただけるといいです。

2018年3月11日　こうの史代

給台灣讀者的序

台灣的讀者，您好！

這本書畫下了東日本從二〇一一年八月之後的各處景致。

二〇一一年三月十一日，311大地震發生時，我住在東京，距離震央超過三百公里，房子幸運地未受破壞，人也沒有受傷，但直到事發之際，我才驚覺我們的生活和東北地區相連與共，受到他們的支持。我因此鼓起勇氣，走訪鮮少拜訪的東北地區。

今年冬天，台灣也發生了地震。

時間會沖淡震災的記憶，亦能撫平傷痛，但有更多事物需要銘記。也許我無法提供實質幫助，但此時此刻我強烈體悟到一個道理：如果有人想訴說，請您好好傾聽。

書中的每一道街景，於我已不再陌生，因為我學會了隨時傾聽城鎮的聲音。

希望藉由這本書，與您產生一絲絲的共鳴。

二〇一八年三月十一日　河野史代

推薦序

為了不讓記憶風化，尋找是第一步

劉黎兒

尋找是最能理解一切的，理解對方、理解自己、理解彼此的關係，也理解背景的舞台；是旅行的本質，尤其是尋找失蹤的伴侶，也尋找了至今的回憶。作者河野史代，藉著公雞的視線，記錄下311大地震後的日本東北景觀。她以溼熱溫暖的心加上冷靜敏銳的筆觸，俯瞰了人類社會遭遇的一場空前災難，讓這幾可類比戰爭的災難不僅不會因此風化掉，而且連重建過程以及面對未來的感情也一起保留下來。

經歷了311，不僅人們來往的街頭和日常景觀會改變，甚至不過睽違兩、三年的地點也會改變；而復興工程及整個東北都在大造防海嘯的防波堤和超級防波堤，許多自然景觀也因而改變。例如花卷浪板海岸的沙灘或大船渡的笹崎改觀成「未來城市」，快速的重建腳步所帶來的許多變化，也會讓河野感到焦慮吧！除了更想記錄整個變化的珍貴過程，同時也持續記錄人們如何追悼海嘯受難者。

有些景觀則是因為會讓受災者想起罹難的家人而改變的。像是被海嘯沖上岸的三百三十噸大型漁船——第十八共德丸；或是七萬棵松樹中僅存的「奇蹟的一本松」，儘管鼓勵了千萬人，但最終只存活了一年多，在標本工程後被永久保存下來，成了贗品樹。

也有許多地區則沒太大的變化，至今還是震災後的情景：倒塌在角落、還沒收拾整理的柱子和塔台；以及玻璃碎盡的荒廢旅館，河野的畫讓人記憶一一復甦。

這些被海嘯侵襲的地區，例如大船渡、宮古、氣仙沼等當地居民都會說：「我們這裡是日本本島日出最早的地方。」太陽最快從這裡升起，即是「日」的根源所在之地，也因此，河野才會從「日之鳥」的公雞角度，來看東北的變化。

災前，我去過東北的次數數不清；災後，我多次前往東北各縣，書中的磐城、松島、鹽竈、仙台、花卷、宮古、氣仙沼、陸前高田、大船渡、釜石、八戶、遠野等地的今昔，都是我所熟悉的，也更能體會到河野的田野調查是非常非常深入的。甚至到今年三月，東北還有許多地區的電車等交通線路尚未復原開通，要前往非常不方便。反觀也去了受311影響的關東沿海鹿島、大洗、銚子等城市的河野，很難想像她憑靠多大的毅力，在二〇一四年之前到達當地，同時畫出如此精準且打動人心的作品，每幅每幅都像紀錄片一般，都是最有價值的鏡頭。

但是這個紀錄作品，河野是以富人情又幽默的語調，以及靜靜的筆觸來描寫，而非訴諸悲情、感傷面對；而因為是雞，就以他每天的「美食」來介紹當地的美麗花草果實，並不忘介紹當地名勝，可以窺見河野也期盼讀者走訪當地，多少將自己促進當地復興的願望潛藏其中。

公雞有雙腳雙翅，好像也會飛，是不平凡的雞，卻富有情感——對伴侶的愛情，對地方自然、人情的理解與感動。然而，他尋找的妻子是母雞嗎？還是幻想的記憶？抑或其他種類的鳥？公雞為了因地震所導致商店街地面不平的痕跡而道歉，讓我懷疑他口中所謂的妻子就是地震，也或許是人們的共同記憶。

尋找本身就是旅行，也是種懸疑推理，讓人不斷推測公雞及其伴侶的日常究竟為何。有時，人會在不經意間突然失去了自己隨時可以回去的家，可是家是什麼？是有伴侶等待的地方嗎？因為伴侶不在，反而不時想起伴侶的一切；因為大災難發生，日常一景不再重來，和家人在家吃飯、陪孩子丟球……原本微不足道的日常，因為震災、核災，突然間就喪失了。

震災、核災都和戰爭無異，日本社會至今對歷史的觀點是以二次大戰為分水嶺，常說「戰前」、「戰後」，但現在則是許多時候必須說「災前」、「災後」，即指311的震災、核災，尤其是在東北和關東地區。因為和戰爭一樣，都是「無法相信的事」突然降臨了，讓原本平凡存在的事物與日常，突然間抓狂了，連恐龍後裔的公雞都因對於中子飛舞的世界感到困惑，而誕生了萬分複雜的想法。

河野甚至來到離福島核電廠十三公里的地方，亦即二〇一二年的楢葉町。從畫中看得出來，再往前十多公里就是核一廠所在的大熊町，非常接近，至今都是無法進入的地區，雖然畫中輕鬆帶過，但由此可見人類社會張貼那麼多「禁止進入」的荒唐行為；河野也造訪了因核災避難、居民都住在組合屋裡的浪江町，核災讓人無法返鄉，長年住在臨時拼裝屋的無奈，淡淡地被勾勒出來。

二〇一四年，河野前往茨城縣東海村日本第一所核電廠，參訪已除役的日本第一個研究用反應爐，以及因核災而復興進展較慢的相馬、南相馬等地，觀察到仍在進行中的大規模去除輻射汙染作業。

《我想寫信給太陽2》的最後，河野為了警示由人類打開的潘朵拉盒子（核子），是億萬年也奈何不了的麻煩物，特別以可愛的擬人化手法加繪一篇，福島核一廠放出的輻射物質從誕生到結束的故事。或許這也是核災萬劫不復的原因吧！輻射，在一瞬間就能剝奪人類最珍貴的平凡日常及熱愛的家園風景，是一則相當沉重的小物語。

如河野在自序中所述，傾聽城鎮的聲音，也就是傾聽當地居民、鳥類、草木和歷史。她將自己的共鳴傳遞成為讀者的共鳴，不只是為了當地人，而是為了讓世界不要忘記311之後所發生的一切。

河野史代的作品常透徹地傳達出人生的基本質問，卻總以如此天真爛漫的方式表現出來。即使公雞或人類都必須面對複雜艱難的現實，還是要繼續活下去，而且也還是要「好好地活下去」，或許這是她最想對讀者說的一句話吧。

（本文作者為日本文化觀察家、作家）

推薦序

不間斷的關注——寫給經歷災難人們的書信

阿潑

二〇一一年六月，我分別到日本岩手縣釜石與陸前高田採訪，當時距離311大地震發生已過了三個月，主要街區大多已清理乾淨。但所謂的清理，不過就是將瓦礫、垃圾、廢鐵往某處推堆，只留下被海嘯推平的城鎮和災難的痕跡：歪斜的電線桿、裸露的鋼筋……甚至是被沖上岸的大船。不論災難的出現如何戲劇性，最後剩下的只有平淡的荒涼。

有一天，我才剛下車，就踩到一本攤開著的家庭相簿，裡頭盡是婚禮、慶生和出遊的畫面。我蹲下翻看，彷彿窺視隱私一般，看到了這個家庭的每一個幸福瞬間，他們在那些時刻恐怕無法想像，在未知的某一天，這種平凡的生活將會被打斷。這家人，現在在哪裡呢？而那些眼前所見、散落四處的小學課本、作業簿、玩具、棒球套、字典……的主人們，又都在哪裡呢？當時，我產生了一個想法：如果可以，我想尋找這些物事的主人，看著他們繼續著自己的日常，繼續將那些美好的瞬間延長下去。

當我讀到這本書時，不免會想：如果我真的去尋找這些人，會不會就像書裡的公雞先生，在時間中前進，在災區裡漫遊，結果成就了一部屬於自己的公路電影——這本書看起來是一頁又一頁的風景素描，但我認為，其實這是一封又一封，寫給在各種意義上經歷這場災難人們的書信。

作者河野史代出身廣島，擅長以「平淡的日常」來描寫創傷與災難，《我想寫信給太陽》自然也是如此。她以「東北的現在」為概念，藉著一隻尋找妻子的大公雞視角，描繪災後日本東北的景致：從災後五個月的岩手縣釜石開始，到陸前高田的組合屋，最後結束在立著「禁止進入」標誌的福島楢葉町——而這已是災後四年又三個月的事了。這數年間災區的風景與細微變化，都在河野史代獨到的觀察與溫柔的理解下，被細細記錄下來。

其實，河野史代一開始並沒有這樣的想法與計畫。地震發生時，她人在東京，從電視上看到東北的災情，心裡只升起一種感覺：「昨日那樣的日常，已經回不去了啊。」儘管想著該做些什麼，卻又覺得似乎沒什麼是自己能去做的。後來，她去福島擔任志工，走訪災區，但一直到八月重訪釜石，素描了大觀音像後，這一切才開始——或許也稱不上開始，畢竟她最初是以「可能派不上用場」的心情下筆，後來才向漫畫雜誌的編輯提案，開始每週一頁的連載；也因為這個連載，對東北一無所知的河野史代，就這樣每隔兩個月往返東北，以觀者的姿態，嘗試向世人傳遞災區的「現況」。

河野史代的毅力與決心讓人不得不佩服。媒體對災難的關注期很短，社會大眾更欠缺耐性，往往哀嘆幾天就不再關心。在３１１大地震三週年，我再次前往日本東北採訪，發現風景仍與當年所見沒有太大差異，重建才正要開始，而災難卻「已經」過了這麼久。可能大多數人已不在意災民是否還身陷困境，但河野史代就像個雕刻家，以畫筆細膩地抓出災區每道風景的變與不變，藉由描繪那一點點的前進輪廓，持續畫下一絲絲的希望。

而她想說的話，就讓公雞先生去說——這些話不必然與景色有關，例如時隔九個月重訪釜石時，發現建築物都沒變，唯有鐵捲門和窗戶被拆掉的公雞先生這麼說：

啊／天空說／活下去
說話都／不用負責／因為不關己事／因為是人的事
但要不要／全盤接受／是我們的自由

河野史代認為僅有災區風景，會顯得太過單薄，必須加上「人間物語」來傳達生命的樣態，而這個責任就由一隻帶著點自戀、有著天兵喜感的公雞來擔當。在她的塑造下，公雞先生雖然失去了妻子，卻不帶任何的「悲愴」感；就算人們對災難的記憶已逐漸淡薄，他還是持續著自己的旅行。在他心裡，妻子美麗又強悍；不過他從不說肉麻話，只有調侃。例如二〇一一年十二月，公雞先生來到陸前高田，畫面幾乎是一片黃土：

從前／有人在夜空看見／奔馳的鐵道／列車裡載著／死者的靈魂
一想到妻子／胸口便忐忑不安
妻子該不會／該不會……
把夜空中的列車／打下來吧……

就像這樣，公雞先生的獨白充滿轉折，卻從不失去希望與幽默，同時帶著深沉的哀傷。閱讀過程中，我不時懷疑公雞先生是否想過妻子已經不在人世？（一直到書的最後，他也只說妻子目前不在，而非不在了。）如果，他接受了這個事實，還會繼續旅行嗎？看這書稿期間，我剛好不斷尋找走失多時的愛犬，雖然每天都反復於懷生憂死間，卻仍忍不住將自己投射在書中的主人翁——公雞先生身上。

我想起河野史代在一次訪問中談到「公雞就是自己的投射」，她說：「總是有人像這樣無法忘懷而造訪，而我想傳達的就是這種不間斷的關注。」不過我想並不只如此，在公雞的身上，我看到了許多災民的影子——這世界上曾失去所愛，卻仍不忘記去愛的眾生。這也是這本書為何如此有趣溫暖，又充滿力量。

（本文作者曾擔任記者，現為文字工作者，著有《憂鬱的邊界》、《介入的旁觀者》等）

推薦序

生命的堅定答案，來自對人間豐沛的愛

黃廷玉

二〇一一年八月，整個日本仍籠罩在311大地震所帶來的強烈恐懼之中，當許多人對東北重災區唯恐避之不及之際，漫畫家河野史代已帶上她的畫筆與紙，前往岩手縣——那是遭受海嘯襲擊最嚴重的區域之一。此後數年，她遊歷在東日本各處，不曾間斷，這過程間的紀錄，成為此刻你我手上的這兩本書。

以類似形式回應災變的藝術創作並不罕見，然而此刻觀看《我想寫信給太陽》，仍有某種堅定的答案，在紙頁間熠熠生輝。是與她過往的作品都遙遙相應的，是河野史代的漫畫一直以來最令人動容之處。

河野史代以溫柔簡單的筆觸，反覆地記錄受災地的每個「現況」。與一般災後紀實作品不同的是，她擷取的視點並不特別著重於受創程度之嚴重，而僅是靜靜地畫著城鎮此刻的臉龐，以及隨四季遞嬗變換的光景。

在台灣，她最廣為人知的作品，當屬《謝謝你，在世界的一隅找到我》與《夕凪之街櫻之國》吧。這兩部漫畫，是出身廣島的河野史代爬梳故鄉歷史後，決心面對原爆事件的全力之作。看著她細膩描繪的東北面貌，腦海中再次浮現《夕》作裡原爆傷痕如何在安靜的日子中蔓延三代，與《謝》作裡巨細靡遺的戰時生活軌跡。

要有非常深刻入微的觀察，才能把現實一寸寸轉化為作品，但她眼前的，是奪走一切的巨變啊。不管是戰爭、原爆或是大地震，究竟要擁有多大的勇氣，才能這樣直接地面對如此毀天滅地的災難？而她從未別過頭去，反而迎身上前觀看、記憶，並以一介漫畫家的身分，堅定地記述人們努力生活的姿態。太多怵目驚心的災難場面令人不忍直視，唯有她一筆一畫描繪的日常風景中所透出的生命微光，能在最黑暗的時刻，如冬日暖陽般照耀著讀者的心。

此作的原文書名「日の鳥」發音Hinotori，也不由得令人想起手塚治虫探討生命與輪迴的漫畫巨作《火鳥》（火の鳥，Hinotori），只是主角不再是瑰麗神秘的鳳凰，而是與人們生活息息相關、平易近人甚至還有些吵鬧的公雞，這樣的安排當然更貼近河野史代的作品本質。

此作格式相當特殊，或許可視為畫冊，但細細咀嚼內容，又能體悟到一種「漫畫」獨有的，有別於單幅畫作的時間與空間感，靜靜地在書頁之中流動。不只因為這些作品出自河野史代長年的累積，更由於公雞先生的尋妻之旅這個巧妙設定，使得各處遺落的震災後現況，得以在一貫的視點中自然串聯起來。

用尋找摯愛伴侶的眼光，在受災地來回旅行，一切所見，都充滿回憶……配合圖畫，深情款款的每首小詩裡，也放進許多庶民生活的幽默，不少更來自當地住民們實際上對河野史代說過的話。她將人們對平凡日常的渴求與想望，融入主角公雞的情感之中，為了尋妻所踏過的每一寸土地、仰望的每一片天空，都飽含人們的眼淚與汗水。年復一年過去，祭典重新開始，不知不覺間街角的景致也發生改變，此時才明白，正是這些持續而平實的紀錄，使得蛛絲馬跡所透露的訊息變得如此強大。

時間最最殘忍之處，乃在於能讓人們遺忘許多事。河野史代彷彿充滿魔法的筆尖，卻將這些微不足道，稍不留心就被淹沒在時間洪流之中，再沒人記得的小小瞬間以畫作封存，那就是人們活著的鐵證。

《我想寫信給太陽》中呈現的諸多原鄉景色如此樸實無華，若不是當中仍殘留震災的遺跡，或許誰也不會記得多望一眼吧。但就是這樣的風景，形塑了311之前與之後的日本。曾經天崩地裂的，受大海所覆蓋的，隨著時間過去，人們在其上逐漸站穩腳步，慢慢找回了生活的節奏。河野史代不將鏡頭直接鎖定在人的活動上，而是藉著描繪「背景」的細微變化，展現時間的力量，以及平凡的可貴。

一直以來，河野史代的作品對我而言都是幸福的具現，閱讀後總不禁將之擁入懷中。她盡力捕捉好好吃飯、散步，或一起觀看的風景中，所存在的真實情感，悠遠綿長，動人至深。開展在《我想寫信給太陽》書中的圖景，每張也同樣蘊藏著河野史代對人間豐沛的愛：或許，在野草與朝霧的溫柔包圍中，還有未能修復的頹圮傷痕；平淡的街景裡些許不自然的存在，提醒著重建之路並未結束，但只要活著，扎實地活著，終有一天那遠去的「日常」，會再次以更美麗的姿態，綻放在腳下的土地上。

（本文作者為Mangasick店主）

目錄

東北地區太平洋近海地震

發生時間：平成23年（2011年）3月11日14時46分

震央地名：三陸沖（北緯38.1度、東經142.9度）

震源深度：24公里

規　　模：震矩規模9.0

最大震度：宮城縣栗原市觀測到震度7　注1*

平成23年東北地區太平洋近海地震的災情與警政措施　注2 ※①

人員災情

死亡人數：15,884人　失蹤人數：2,633人　受傷人數：（輕重傷）6,148人

地震相關死亡人數　※②：2,916人（1都9縣）　注3

（福島縣：1,572人・宮城縣：873人・岩手縣：417人・其他都道府縣：54人）

建築物災情

全毀：127,302棟　半毀：272,849棟　注2

※① 涵蓋3月19日震央發生於茨城縣北部的地震、4月7日震央發生於宮城縣近海的地震、4月11日震央發生於福島縣濱通的地震、4月12日震央發生於福島縣中通的地震、5月22日震央發生於千葉縣東北部的地震、7月25日震央發生於福島縣近海的地震、7月31日震央發生於福島縣近海的地震、8月12日震央發生於福島縣近海的地震、8月19日震央發生於福島縣近海的地震、9月10日震央發生於茨城縣北部的地震、10月10日震央發生於福島縣近海的地震、11月20日震央發生於茨城縣北部的地震、平成24年（2012年）2月19日震央發生於茨城縣北部的地震、3月1日震央發生於茨城縣近海的地震、3月14日震央發生於千葉縣東北近海的地震、6月18日震央發生於宮城縣近海的地震、8月30日震央發生於宮城縣近海的地震、12月7日震央發生於三陸沖的地震、平成25年（2013年）1月31日震央發生於茨城縣北部的地震，以及10月26日震央發生於福島縣近海的地震之所有災情。

※②「地震相關死亡人數」的定義為「於日本東北311大地震中受傷不治死亡者，基於災害慰助金之發放等相關法令，符合本次災害慰助金發放對象之人」（實際未發放者也包含在內）。

* 此類注釋見P141。

5個月後的
釜石・大槌

釜石

震度：6弱* 注1
海嘯高度：4.1公尺以上（根據海嘯測量儀所測得的海嘯最大高度）
　　　　　9.3公尺（藉由痕跡等來推測的海嘯高度）注4
住宅災情：〔全毀〕2,957棟 〔半毀〕698棟 〔部分損毀〕1,049棟 注5
淹水影響範圍：〔人口〕13,164 〔住戶〕5,235 注6
應急組合屋的完成狀況：〔戶數〕3,164 〔完成戶數〕3,164 注7

大槌

周邊震度：6弱（釜石市）☆1**
海嘯高度：痕跡高度最大13.7公尺（安渡）☆1
住宅災情：〔全毀〕3,092棟 〔半毀〕625棟 〔部分損毀〕161棟 注5
淹水影響範圍：〔人口〕11,915 〔住戶〕4,614 注6
應急組合屋的完成狀況：〔戶數〕2,146 〔完成戶數〕2,146 注7

* 日本震度一共分為10級，最大震度為7。5和6級因數量較多，因此又細分為5強、5弱；6強、6弱。
** 此類注釋見P141。

2011.8.釜石にて

初次見面
我來這裡
找尋我的妻子
總覺得她
就在附近

通勤通學的每個人
似乎都很忙碌
我決定問問店家
卻見這副模樣
真是不得了啊

道路已經整頓乾淨，汽車與自行車來去自如。
不過所有的交通號誌仍舊處於損毀狀態，民眾似乎只能穿越警察疏通過的路段。

哎呀
一陣子不見
妻子竟然
變得這麼大
……噢，失敬

觀音菩薩從前
將許許多多的
善男信女
抱在胸前
聽說如今因為腰痛
暫作休養
希望不是因為
抱了妻子所致

✐為悼念1960年智利海嘯與海難而建的大觀音像。
於2014年秋天重新開放參拜內部及其胸口之觀景台。

妻子啊
這是妳應該喜歡的
岩石嶙峋的
小小島嶼喔

它飄浮在
妳應該喜歡的
閃閃發光的
大海上喔

妳應該喜歡的
頭戴紅冠的鳥
今天來到了這裡喔

今日餐點

狗尾草

* 日本NHK綜合頻道於1964年至1969年間播放的人偶劇。

據說是《突然出現的葫蘆島》* 的舞台原型。倒灌的海水似乎導致樹木枯萎，島看起來也更小了。

我熱中地啄著
沙粒和貝殼的模樣
妻子看到了
應該會笑我吧

來聊聊這裡吧
不過半年前
還有長長的沙灘

我失望的表情
妻子看到了
一定會笑我吧

今日餐點

都變成這樣了，
就算意氣用事，
也要撿起沙粒和
貝殼。

本區道路周圍已大致清掃完畢，損毀的車輛也被集中整頓。
到處都立著黃色的警示旗。

2011.8
大槌町役場

時鐘指針停在
三點二十九分
不知名的花兒
供奉著
時鐘仍在走動之時
我與妻子相反
總是格外
在意時間

今日餐點
向日葵種得很好，
我要心存感激。

🖉與海嘯同時發生的火災，在現場留下了許多焦黑的痕跡。
區公所內散落著桌椅和小學生的書包。

半年後的
山元・鹽竈・松島

山元

震度：6強　注1
住宅災情：〔全毀〕2,217棟　〔半毀〕1,085棟　〔部分損毀〕1,138棟　注5
淹水影響範圍：〔人口〕8,990　〔住戶〕2,913　注6

鹽竈

震度：6強　注1
海嘯高度：本島側約1.5公尺～4.8公尺・浦戶地區超過標高8公尺　☆2
住宅災情：〔全毀〕655棟　〔半毀〕3,188棟　〔部分損毀〕6,798棟　注5
淹水影響範圍：〔人口〕18,718　〔住戶〕6,973　注6
應急組合屋的完成狀況：〔戶數〕206　〔完成戶數〕206　注7

松島

震度：6弱　注1
海嘯高度：3.2公尺（松島町第1波抵達時）・3.8公尺（松島町第2波抵達時）　☆3
住宅災情：〔全毀〕221棟　〔半毀〕1,785棟　〔部分損毀〕1,561棟　注5
淹水影響範圍：〔人口〕4,053　〔住戶〕1,477　注6

〈問〉
該如何稱呼
像我們這樣的鳥？

〈答〉
躲雨鳥*

今日餐點
稗草！
吃飽飽

* 日文的躲雨叫「雨宿り（amayadori）」，後兩個音與鳥的日文「とり（tori）」發音相近。

古老的神殿變成了替代用的小祠堂，即便如此，仍捎來潔淨的空氣。

2011.9.山下駅付近

妻子說不定
曾來到這裡？

看起來
曾經鋪有鐵路
容易暴躁的妻子
是否在這裡
補充過鐵質呢？

今日餐點

要不要來
吃吃看野生
稗草呢？

原以為是一片荒蕪的田地，仔細看才發現叢生的稗草在田裡結滿了穗。

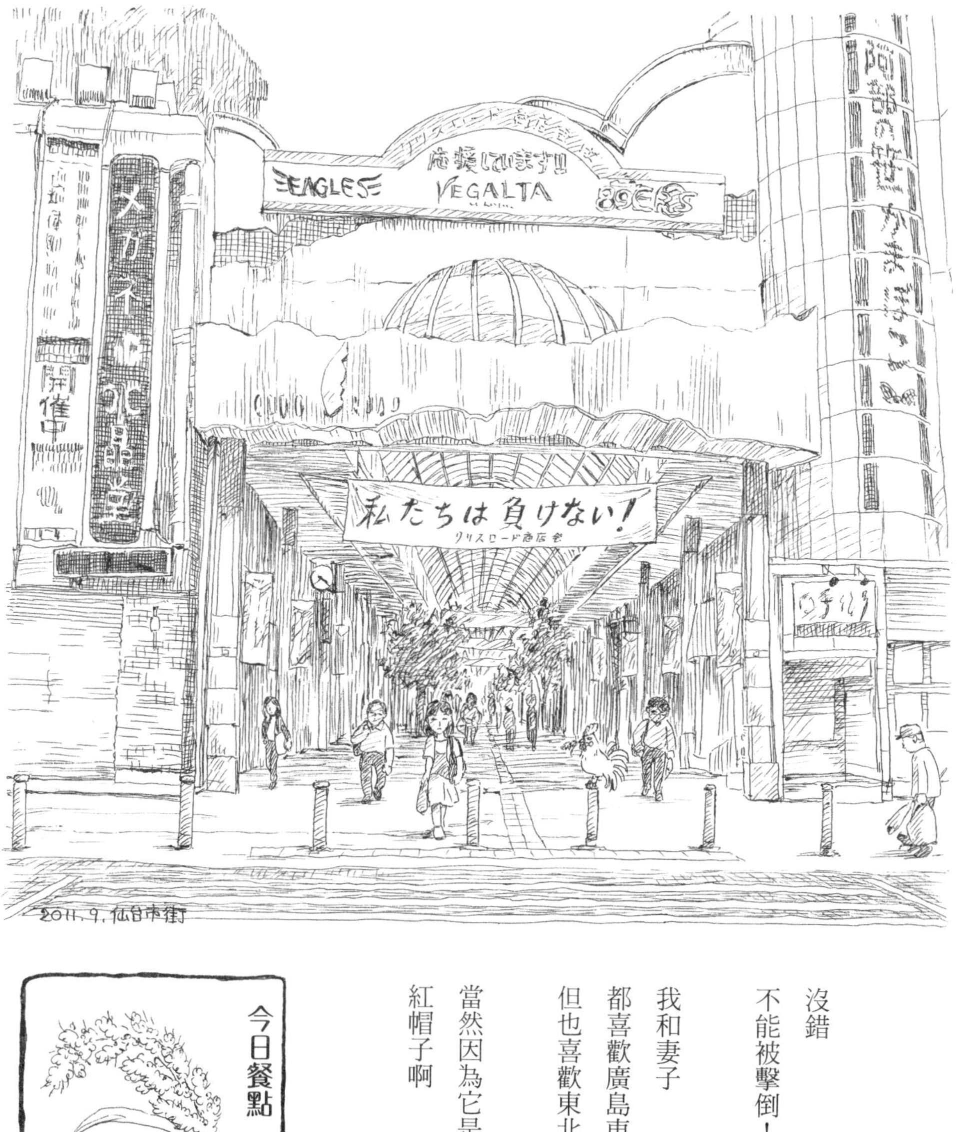

2011.9.仙台市街

＊我們不會被擊倒！

沒錯
不能被擊倒！

我和妻子
都喜歡廣島東洋鯉魚隊
但也喜歡東北樂天金鷹隊
當然因為它是
紅帽子啊

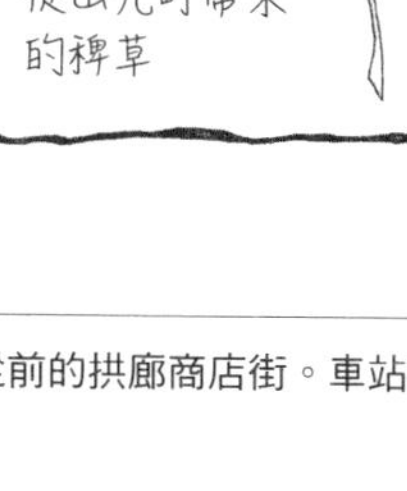

從前的拱廊商店街。車站前蓋了許多高樓層飯店，卻還是很難預約。

2011.9. 本塩釜駅前

我雖然
不常看電視
但還是
忍不住要說
抓到啦——!*

* 日本搞笑藝人濱口優在節目《黃金傳說》中抓到魚的經典台詞。

✐連海嘯看似影響較小的區域，都能見到柏油路面被掀起、砂石裸露的景象。
這裡種了小小的櫻花步道，祈禱通往港口的路能盡早修復。

2011.9. 塩がま市街

唔
路面凹凹凸凸
該不會是
妻子走過的痕跡……?!

我要為
妻子造成
路面難走
向各位道歉

本鹽釜車站通往鹽竈神社的路，是柳樹成排的古雅步道。
右側銀行已經遷址，呈廢棄狀態。

2011.9. 松島

「你太太？
沒見著呢
抱歉啊
咦，我嗎？
我是海貓*啊
旁邊那隻褐色的
是我女兒喔
話說回來……
你會飛啊？
嗯……好吧
畢竟是鳥……
不不！
我也是鳥啊
不是貓喔！」

* 黑尾鷗的日文叫做海貓。

從鹽竈港搭遊覽船前往松島，一路上都有黑尾鷗跟隨。
幼鳥有時會停在船上休息。

2011.9. 松島海岸 乗船所

哼……

放眼望去

成雙成對……

只有我啊

唉只有我啊

只有我啊

今日餐點

雙淇淋的

餅乾殼

掉在地上！

✎來唱首歌：「來到松島呀，要不要在休息站小憩呢？買票請往右邊小屋走。」

9個月後的 氣仙沼・陸前高田

氣仙沼

震度：6弱　注1

海嘯高度：13公尺　☆4

住宅災情：〔全毀〕8,483棟　〔半毀〕2,571棟　〔部分損毀〕4,743棟　注5

淹水影響範圍：〔人口〕40,331　〔住戶〕13,974　注6

應急組合屋的完成狀況：〔戶數〕3,504　〔完成戶數〕3,504　注7

陸前高田

震度：6弱　☆5

海嘯高度：18公尺　☆4

住宅災情：〔全毀〕3,805棟　〔半毀〕240棟　〔部分損毀〕3,986棟　注5

淹水影響範圍：〔人口〕16,640　〔住戶〕5,592　注6

應急組合屋的完成狀況：〔戶數〕2,168　〔完成戶數〕2,168　注7

春去秋來
又到了冬天
雖然不同於
與妻子共度的冬天
卻也不同於
妻子無音訊的冬天
想到這可能又是
我的詭辯
似乎更冷了

今日餐點
民家的神祕樹果。
嗯—
是大葉黃揚……？

城鎮走到哪都看得見魚，每條魚都張開魚鰭跳動著。

2011.12.氣仙沼市街

太好了
這裡的交通號誌
還亮著

看見發光的事物
就令我想起妻子
因為妻子
隨時散發光芒
為什麼會發光
因為妻子最愛
穿金戴銀啊

* 日本於過年期間裝飾的吉祥花卉之一。

✎此地可見許多古老華麗的建築物，或許海嘯也想感染歷史的氛圍吧。

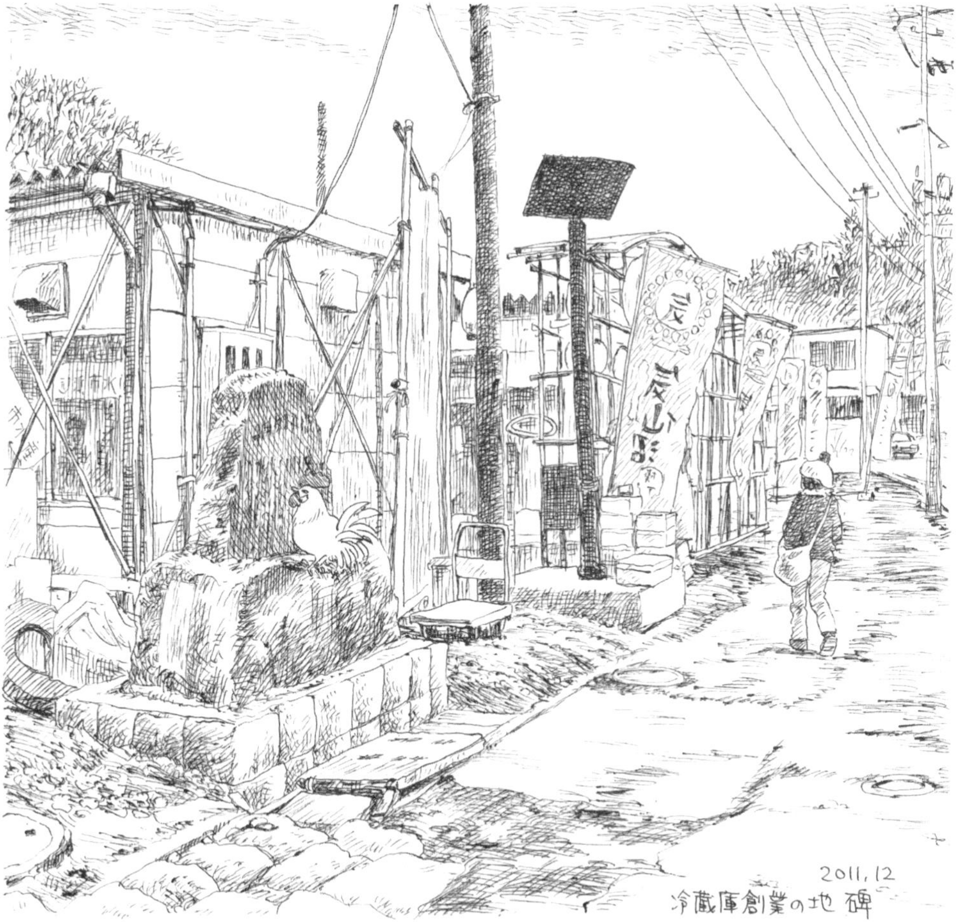

2011.12
冷蔵庫創業の地 碑

哦

原來冰箱誕生於

氣仙沼市

我誕生於

孵蛋器中喔

當年

與夥伴成群結隊

好不熱鬧

哎

畢竟是小雞嘛

今日餐點
熟柿。
澀柿也會變甜呢。

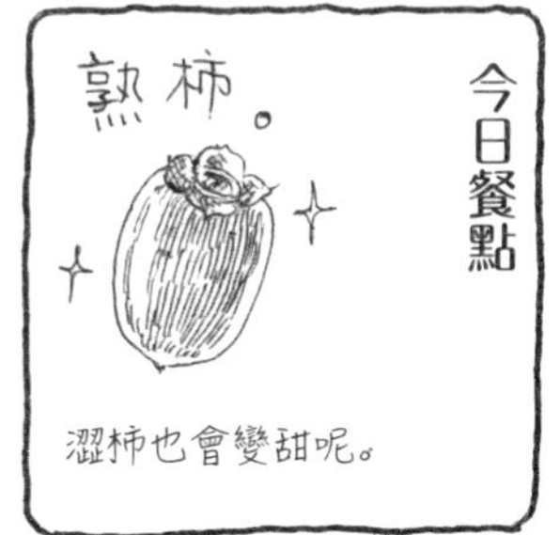

每次得知某人的出生地，心情都會莫名柔和起來。
旁邊是剛誕生的復興屋台村。

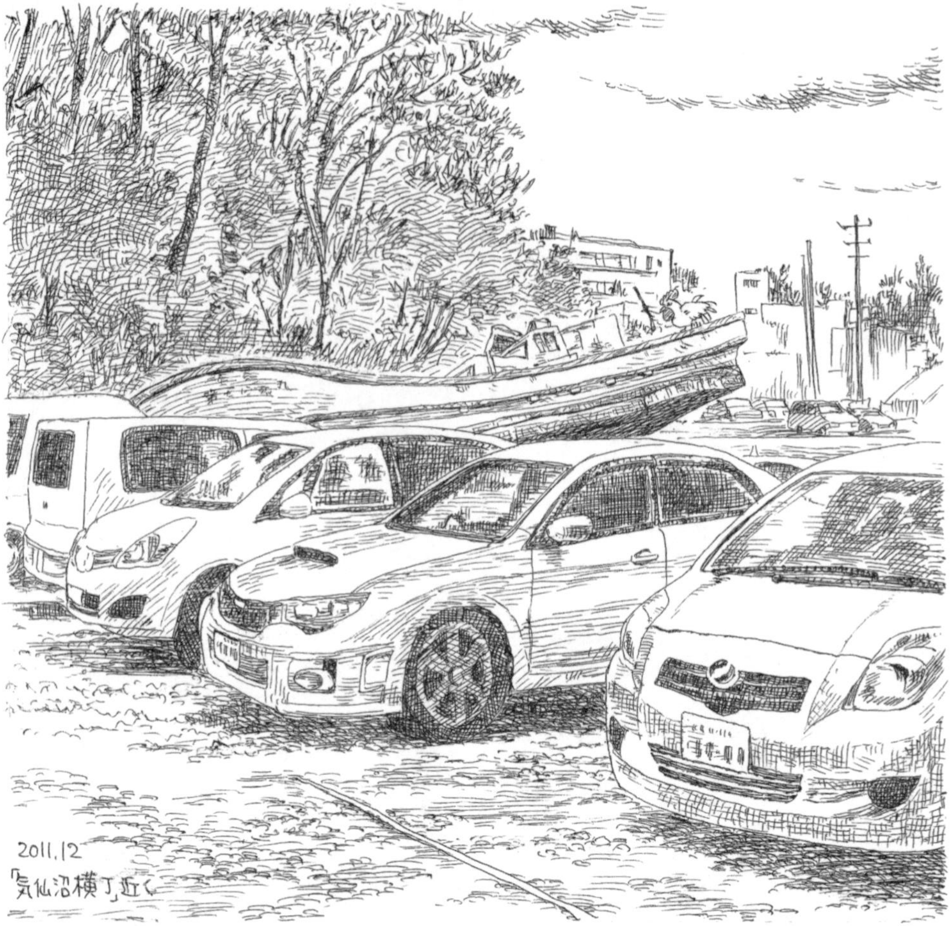

2011.12
「気仙沼横丁」近く

好的
笨拙如我
今天斗膽來當
引導停車的
小幫手

船大爺啊
這裡是
停車的地方
港口還要
更往前去

今日餐點
柿子!
棒透了!

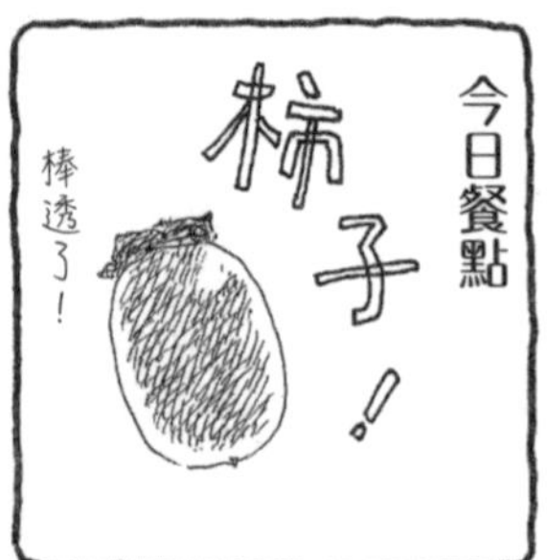

✐「氣仙沼橫丁」（復興屋台村）祥和又充滿朝氣。我買了海藻、風景明信片與幸運帶。

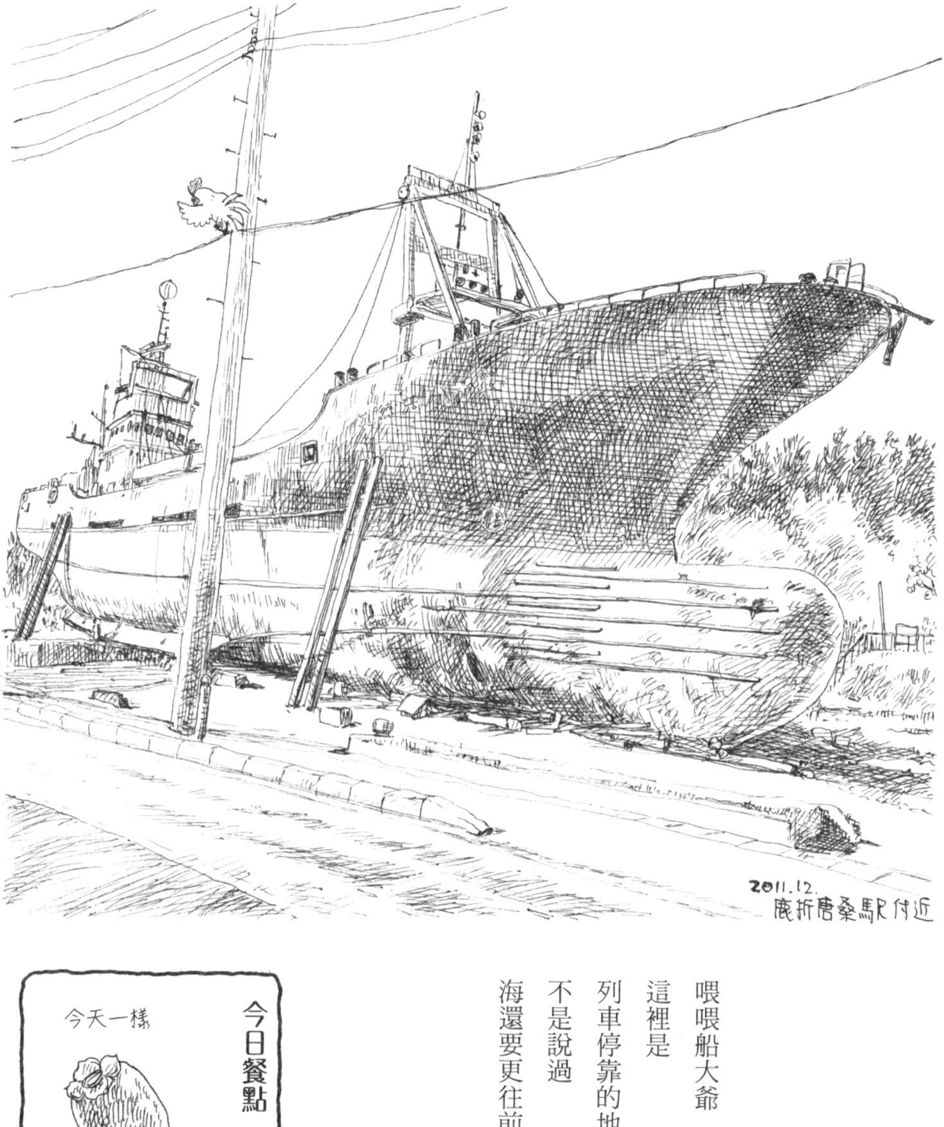

2011.12.
鹿折唐桑駅付近

喂喂船大爺
這裡是
列車停靠的地方
不是說過
海還要更往前去！

今日餐點

今天一樣

吃柿子。

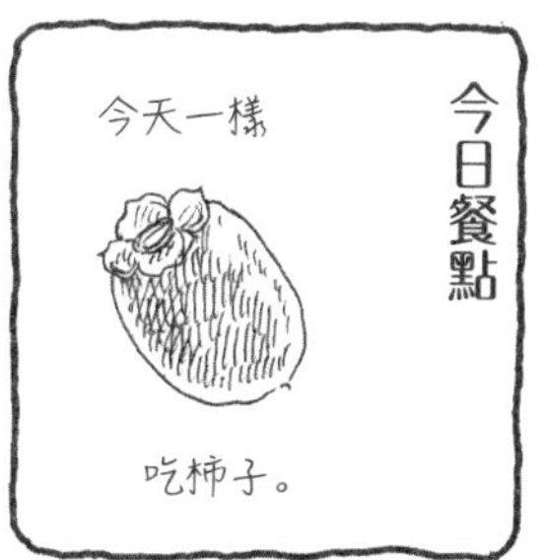

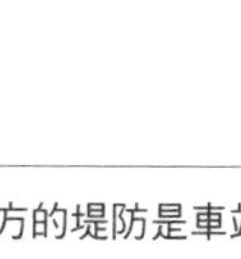

船後方的堤防是車站月台，三陸鐵道現階段仍未通車。

人類真是
難懂的生物
對著山喊
呀呼
對著大海喊
混帳東西*

我只知道
咕咕叫
對面的鸕鶿
連叫都不叫
真輕鬆啊

今日餐點
栗子掉下來了！
裡面果肉不多……

* 日本人想聽回音時會對著山喊「呀呼」，想發洩怒氣時會對著海罵「混帳東西」。

這座大理石柱自明治29年（1896年）因海嘯折斷以來被喚作「折石」。似乎在這次的海嘯中逃過一劫。

是啊
我其實很幸運
有雙腳有翅膀
能夠去到任何地方
找尋我的妻子
松樹啊
我若發現你的夥伴
會轉告他們
你依然在這裡等待

今日餐點

✐他是七萬棵松樹裡唯一的倖存者，夏天雖然結了松果，依舊慢慢地枯萎。

簡直是
門戶洞開
難怪有時
籠中鳥
會由衷羨慕

今日餐點

區公所前
枯萎的向日葵
留下了
乾癟的
種子……

✎天氣雖晴朗，雪卻從內陸吹來，地上積了薄薄的雪。
百貨公司的二樓積滿松枝。

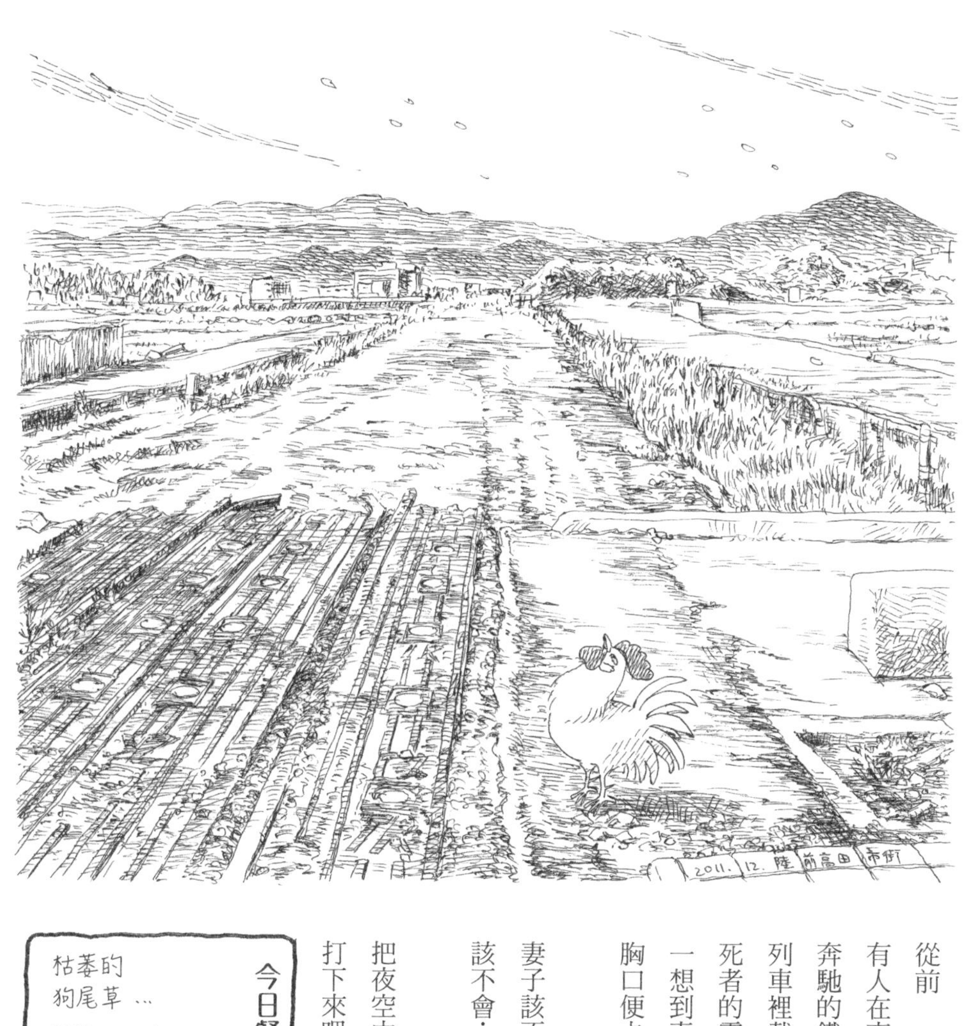

從前
有人在夜空看見
奔馳的鐵道
列車裡載著
死者的靈魂*
一想到妻子
胸口便忐忑不安

妻子該不會
該不會……

把夜空中的列車
打下來吧……

今日餐點

枯萎的
狗尾草…
……
鹹鹹的
……

* 指宮澤賢治的《銀河鐵道之夜》。

這一帶是距離車站約100公尺的住家街跡。海水灌進四處，形成水窪。

11個月後的八戶

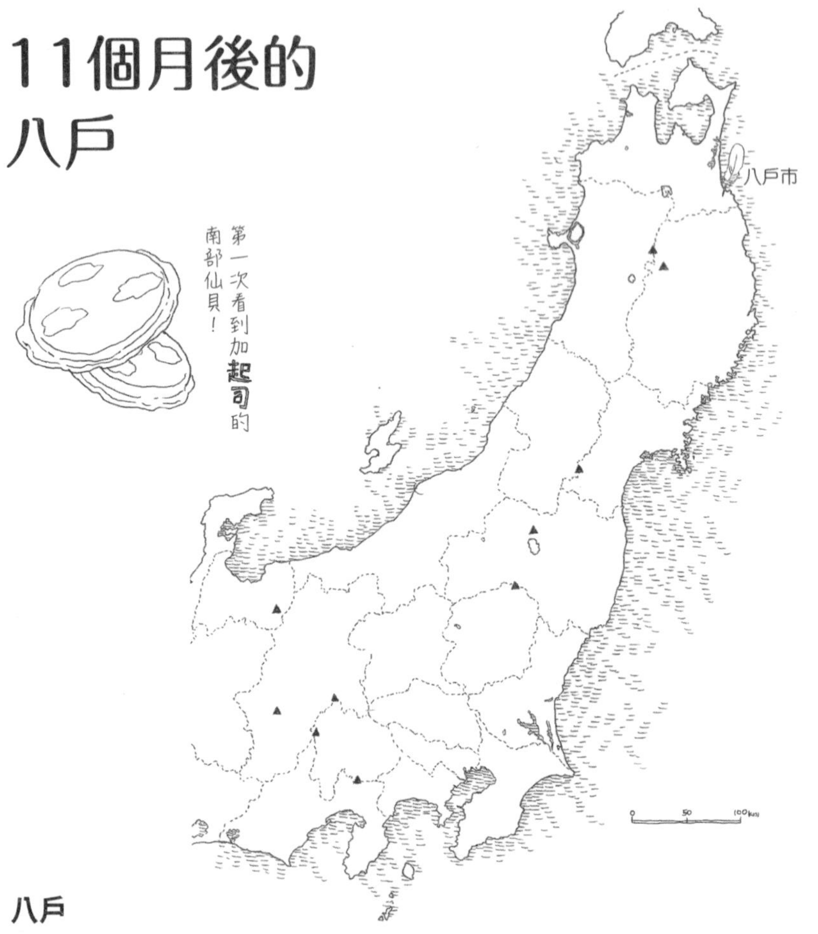

八戶市
第一次看到加起司的南部仙貝！

八戶

震度：5強（南鄉區）☆6

海嘯高度：2.7公尺以上（根據海嘯測量儀所測得的海嘯最大高度）

6.2公尺（藉由痕跡等來推測的海嘯高度）注4

住宅災情：〔全毀〕254棟 〔半毀〕624棟 〔部分損毀〕851棟 注5

避難警告等之發布情形：青森縣發生地震後，太平洋沿岸發布了大海嘯的海嘯警報；日本海沿岸、陸奧灣也發布了海嘯警報，針對縣內22個市町村（沿岸全部的市町村）含86,458個住戶、總計201,848位居民下達避難指示或避難警告。☆7

避難所的開設狀況及避難人數：在縣內29個市町村共306處開設避難所，最大避難人數為24,132人。※③

※③ 含避難所之最大避難人數總計。

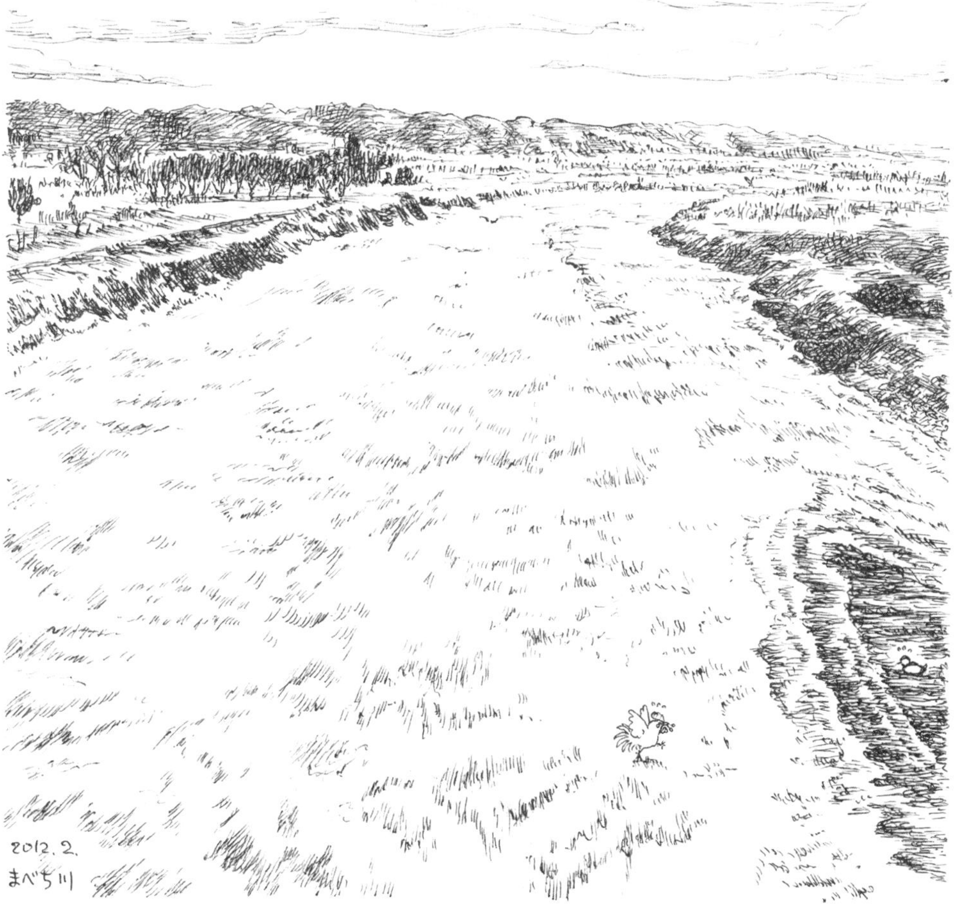

2012.2.
まべち川

「我正心想
河川快結冰了
我被困住啦！
你就趕來救我
然後黏在那裡
動彈不得嗎
咦？
有沒有看見
你太太？
現在哪有閒工夫
找你太太啊！」

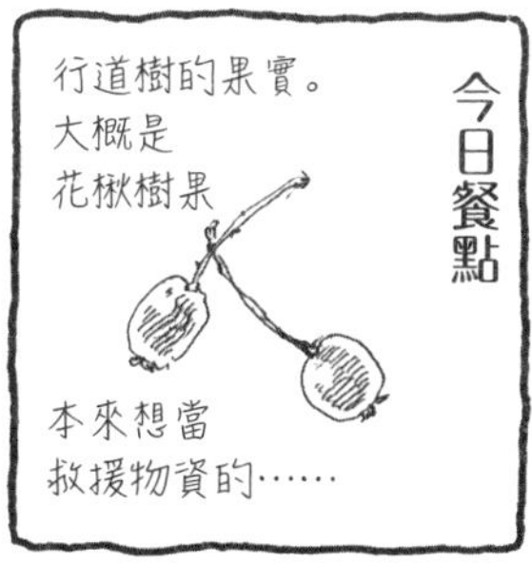

當天雖然放晴，但是就連大中午的溫度也在零度之下。
一隻鵲鴨困在幾乎九成結了冰的河面上。

✎八戶市在311大地震當天震度5強，不知這條路的龜裂是否為地震所致。

2012.2.
蕪島

這裡就是
海貓的
聯誼會場
現在仍無人到場
雖然知道不可能
但要是妻子來了
我的心情會有
多麼複雜……

不！
我絕對沒有期待
邂逅可愛的
海貓娘*喔！

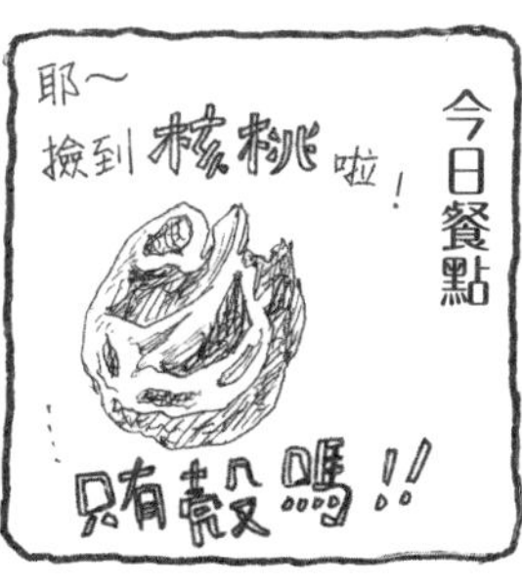

* 黑尾鷗除了日文叫做海貓，貓（neko）的尾音也有女孩子的意思，漢字寫作「娘」。

著名的黑尾鷗繁殖小島（與陸地相連）曾受海嘯席捲卻幾乎沒事。
黑尾鷗會從2月下旬開始聚集求偶。

2012.2.鮫駅付近

「八戸市
不滑了」
這座都市
想必很善待
搞笑漫畫家*
……唔
對我和妻子
沒什麼幫助……

* 日本的官方公告語氣通常都很嚴肅客氣，當地卻用了活潑輕鬆的口語「不滑了」，引人會心一笑，也化解交通號誌的嚴肅口氣。

東北路邊隨處設置有擺放止凍劑的箱子，隨著區域不同箱上的字也不同。

2012.2.八戶市鮫町

在嚴重的
風沙吹襲下
我的存在感
變得如此稀薄……

捉迷藏就
交給我當鬼吧……

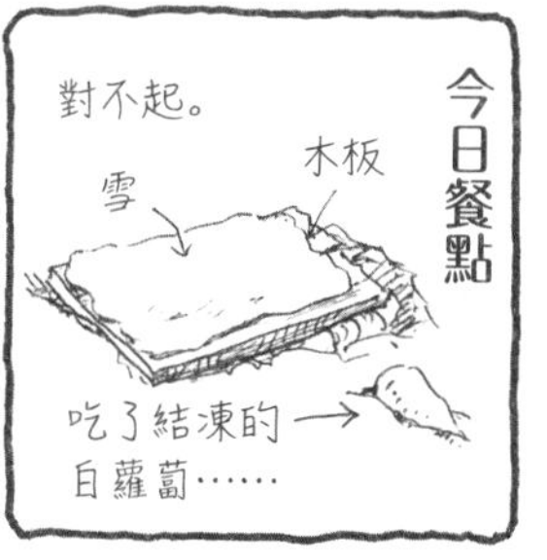

✐民宅旁可見挖洞儲存的蔬菜，烏鴉和麻雀挖出白蘿蔔大快朵頤。

1年後的東京都

中央區

震度：5弱　☆8

海嘯高度：最大海嘯高1.5公尺（中央區晴海）☆9

住宅災情：〔部分損毀〕66棟　注5

針對無法返家民眾的應變設施：收容人數共1,766人（城東小學、京橋廣場、泰明小學、京橋築地小學、明正小學、常磐小學、日本橋小學、久松小學、阪本小學、佃島小學、月島第一小學、月島第二小學、月島第三小學、豐海小學、銀座國中、日本橋國中）☆10

＊加油日本　同心協力

嗨　公雞
嗨　平民
我們是共命之鳥
我們是經文中的鳥
我們都很優秀
我們都有一點點
嫉妒彼此
我們因此歡欣
我們因此悲傷
你在找尋妻子嗎
你需要妻子嗎
因為你們失散了嗎
因為你們分開了嗎
你，太鑽牛角尖了
咦?!
鑽牛角尖的是我們嗎？

今日餐點

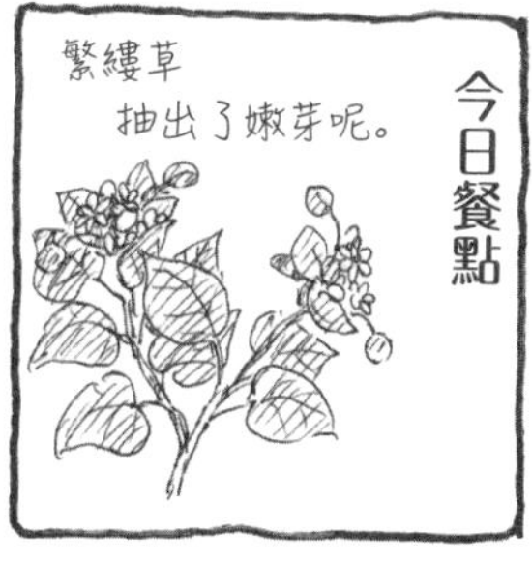

＊圖中告示板上文字：「木堂因修繕工程暫時關閉，請參拜民眾往左側參拜本堂移動。」

位於東京中央區的築地本願寺別院因地震受損，目前關閉修繕。
在《佛說阿彌陀經》當中登場的共命之鳥，提倡與他者共存。

1年1個月後的豬苗代

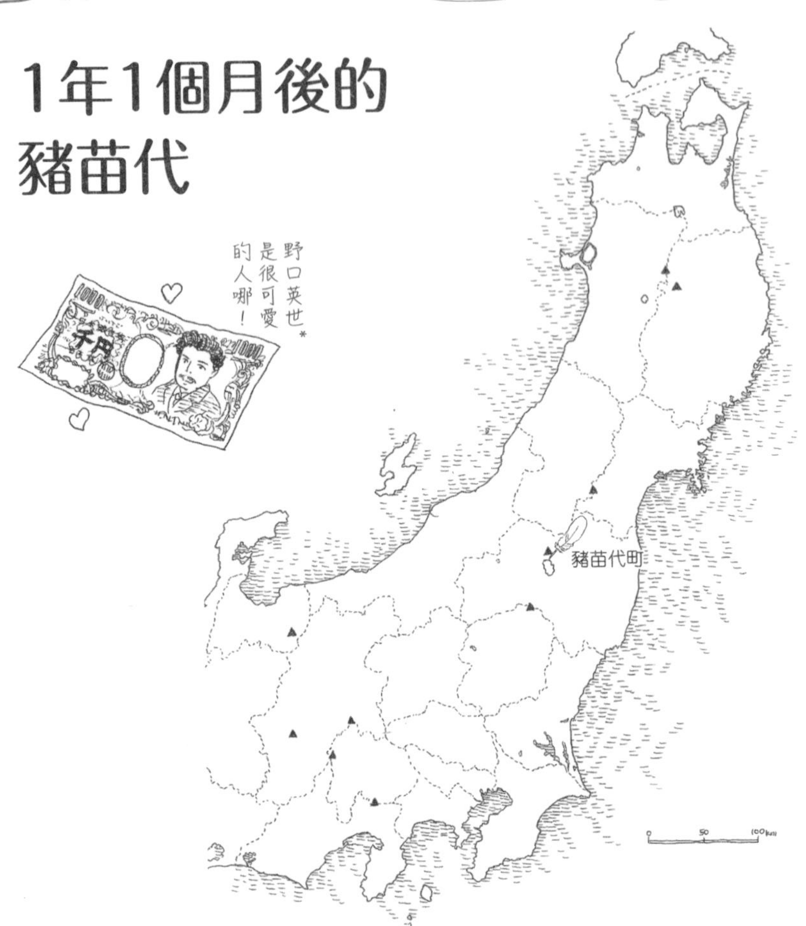

豬苗代

震度：6弱　注8

住宅災情：〔全毀〕18棟　〔半毀〕63棟　〔部分損毀〕666棟　注5

應急組合屋的完成狀況：〔戶數〕10　〔完成戶數〕10　注7

福島縣民的避難情形：〔縣外〕47,683人　〔縣內〕86,003人　注8

〔避難地點不明者〕50人　注8

消防員超時出勤人數：〔消防職員〕12,716人〔義勇消防隊〕36,766人　注8

* 日本醫學家、黃熱病研究專家，生於福島縣三和村（現在的豬苗代町）。後前往西非研究黃熱病，染病去世。日本的千圓新鈔上印有其肖像。

今日餐點

風與雪

這樣吃也飽。

欸欸
你們知道嗎?!
地吹雪*
會在風吹來的
相反方向
形成積雪喔！

* 強風將地面積雪吹起的現象。

走出夜間巴士就遇上了地吹雪，天色在白茫茫的視野中慢慢亮起……

妻子啊
在我的記憶中
妳一天比一天
更大更漂亮
所以妻子啊
如今我們重逢
妳變得這麼大
我並不意外

可是妻子啊
呃
我不記得妳
喜歡玩水啊？

今日餐點

好餓
卻只有
風和雪……

直到下雪前天氣都很溫暖，天鵝早已往北遷徙。波浪拍打湖岸，彷彿身在海邊。

2012.4. 野口英世の生家

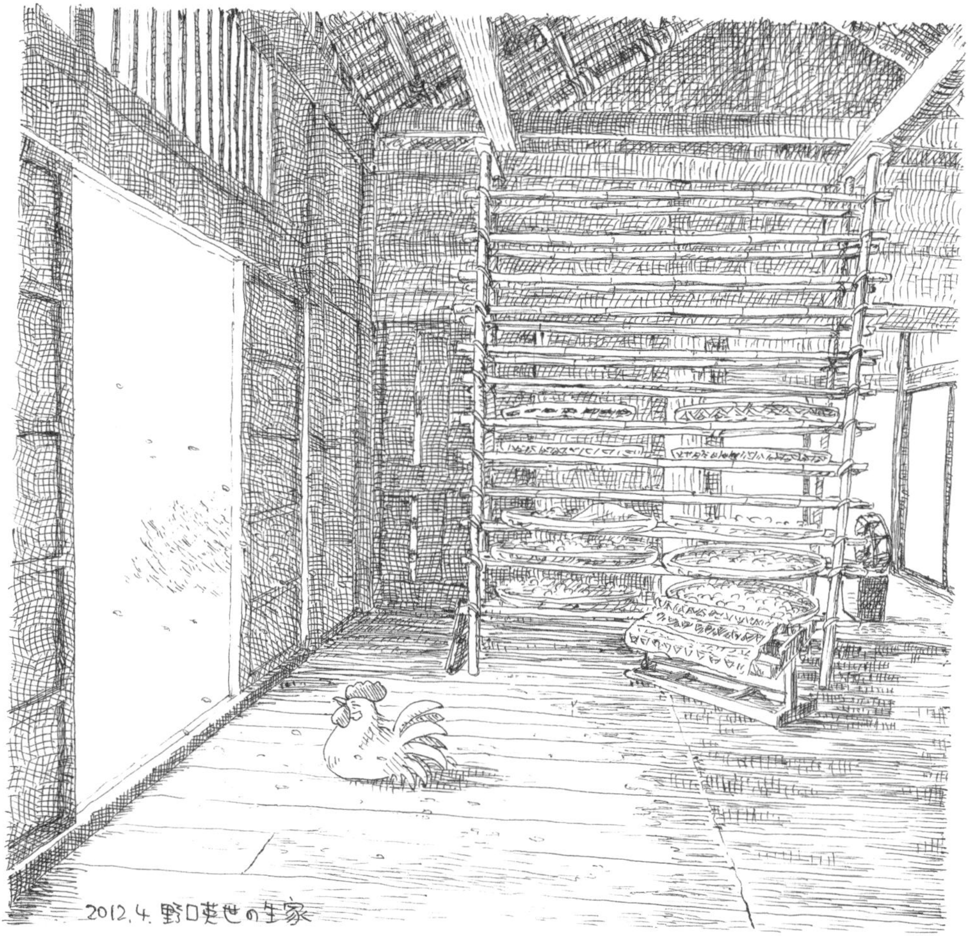

原來如此
不經意間
我發現自己
早已沒了
可回的家

但我認為
妻子或許會在
世界的一隅
等我回來

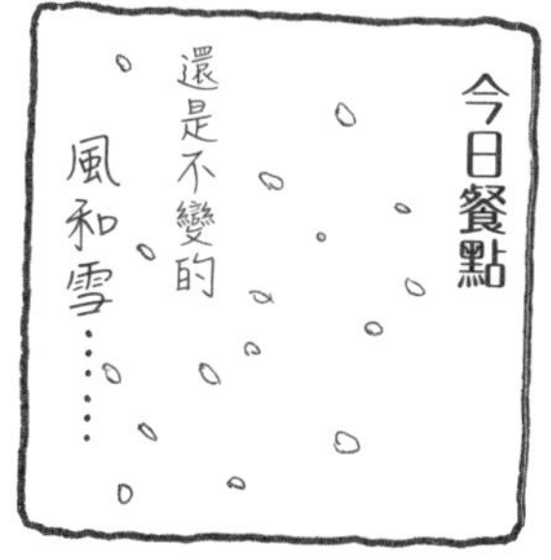

✎野口英世小時候被家中的地爐燙傷，導致手指黏在一起，常受人嘲笑，於是他在和室的柱子上刻下勤勉向學的決心。長大之後動手術把手指分開，受醫師感召，投身醫學。

自湖面吹來的風，把潔白的雪緩緩送進這位福島名醫的故居。

1年4個月後的遠野・大船渡

遠野

震度：5強　☆11

住宅災情：〔半毀〕4棟　〔部分損毀〕525棟　注5

應急組合屋的完成狀況：〔戶數〕40　〔完成戶數〕40　注7

大船渡

震度：6弱　注1

海嘯高度：8.0公尺以上（根據海嘯測量儀所測得的海嘯最大高度）

11.8公尺（藉由痕跡等來推測的海嘯高度）　注4　※④

住宅災情：〔全毀〕2,789棟　〔半毀〕1,148棟　〔部分損毀〕1,623棟　注5

淹水影響範圍：〔人口〕19,073　〔住戶〕6,957　注6

應急組合屋的完成狀況：〔戶數〕1,811　〔完成戶數〕1,811　注7

※④ 透過海嘯資訊（海嘯觀測相關情報）公布的即時數據，以及之後前往當地海嘯觀測點回收的紀錄所得之分析結果。

2012.7. 遠野.南部神社

我從以前
就覺得很奇怪
固力果是三*
巧克力是六
鳳梨也是六
全部都是三的倍數
難怪樓梯
總是爬不完
乾脆別用**巧克力**
改用**炸雞排定食**
怎麼樣啊

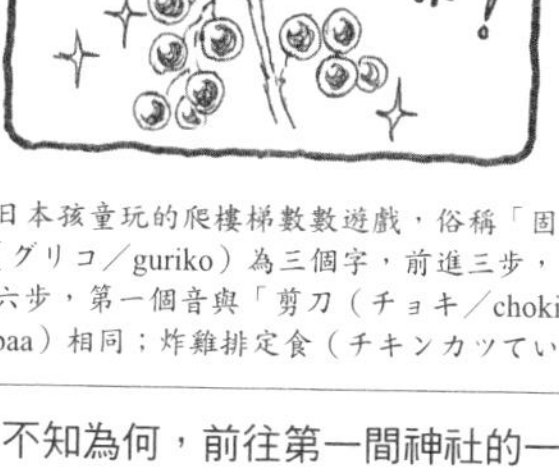

* 日本孩童玩的爬樓梯數數遊戲，俗稱「固力果」（位於大阪的知名糖果公司），猜拳贏的人邊喊固力果、巧克力或鳳梨邊前進。固力果（グリコ／guriko）為三個字，前進三步，第一個音與「石頭（グー／guu）相同；巧克力（チョコレート／chokoreito）為六個字，前進六步，第一個音與「剪刀（チョキ／choki）相同；鳳梨（パイナップル／painappuru）為六個字，前進六步，第一個音與「布（パー／paa）相同；炸雞排定食（チキンカツていしょく／chikinkatsuteishoku）為十個字，應可前進十步，第一個音與「剪刀」相同。

✐不知為何，前往第一間神社的一路上都在下雨⋯⋯當天才剛要走階梯便下起雨來。

2012.7.
下早瀨橋

「你太太嗎？
沒瞧見呢
如果是河童
上個月才見過
每年夏天一到
穿的像河童的人
都會來拍攝河童*
附近一帶
好不熱鬧」

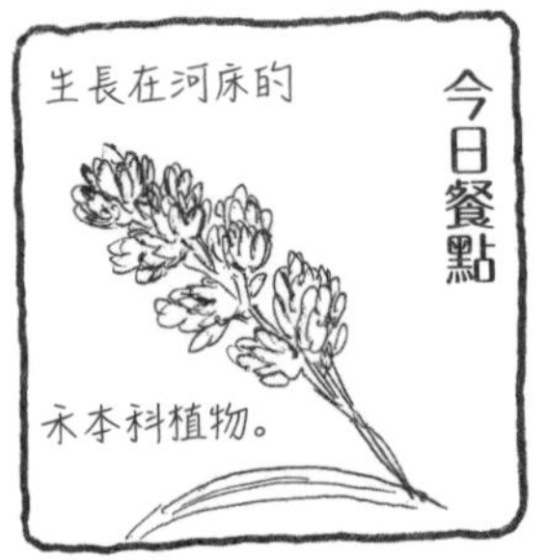

* 相傳遠野市是妖怪河童、座敷童子誕生的故鄉，「釣河童」已成當地的觀光盛事。
現場還有幫人導覽的「河童大叔」，引來日本電視節目報導。

本篇從第三行起是遇到的當地人說的話。
河床一直傳來蘆葦鶯的叫聲，但沒瞧見牠的蹤影。

2012.7. 遠野市街

請看
陽光充足
視野良好
開放感絕佳
是令人稱羨的
小木屋呢

唔……
只有我一個
倒還好
要是妻子和
座敷童子也在
似乎就太小了

✐地震發生後，遠野成為救援與賑災活動據點，現已恢復平靜。

2012.7.遠野市街

這是怎麼
辦到的呢*
人們喚作鐵管的
老舊電線桿
竟然成了
美麗花圃的圍籬
……!

* 日本節目《全能住宅改造王》的經典旁白台詞。

✐花圃裡種了萬壽菊與一串紅，花圃外長的是野生的紫斑風鈴草。

今天是七夕
可惜下著雨

相隔億萬光年
的兩顆星
才剛見面
又要道別……

簡直比雞穿雨衣*
長程飛行
更不科學！

今日餐點

某種禾本科
植物吧。

* 音同河童。

難得有機會與當地人閒聊。岩手縣人用語簡潔，發音圓潤。

2012.7
大船渡・赤崎町

寂寥的雨天午後
只有汽車
不時通過
我現在已經
完全成了野鳥
每逢雨天
當然要哼歌洗澡啊

✎即使下雨，各地的修復工程仍不停歇。道路護欄還是歪的。

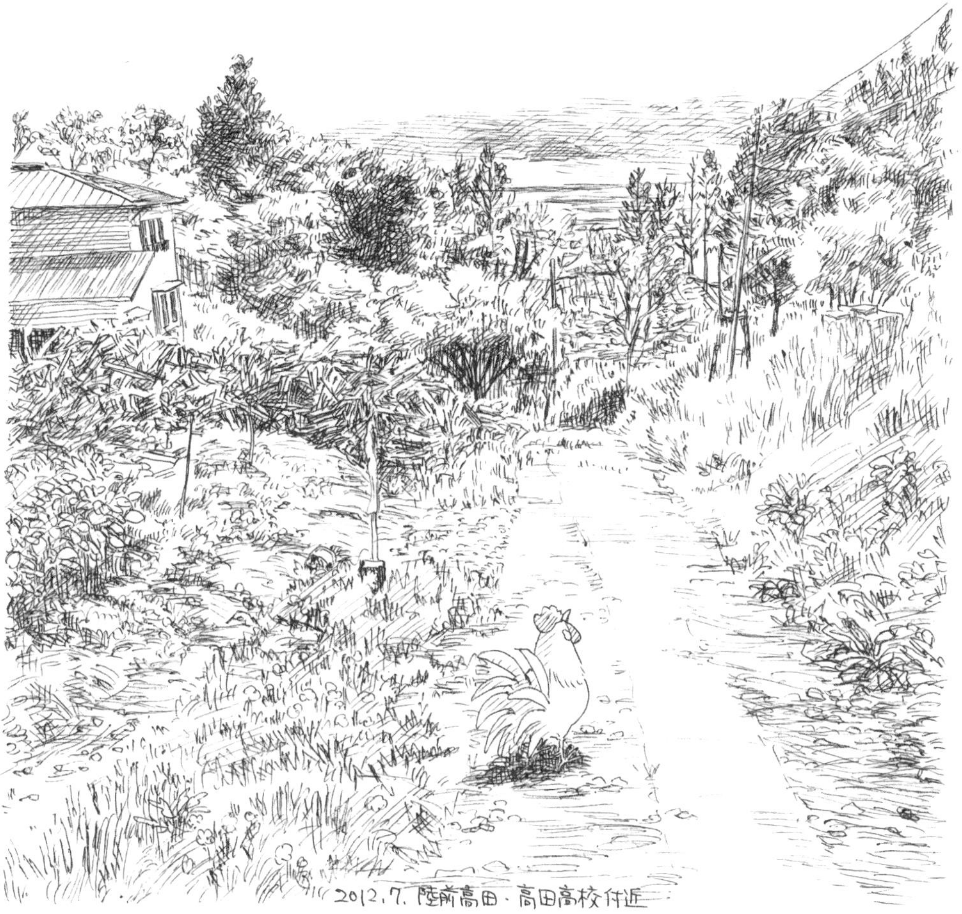

2012.7. 陸前高田・高田高校付近

妻子啊
聽得見嗎？
是今年初鳴
的寒蟬聲唷

妻子啊
妳知道嗎？
蟬意外地
好吃喔

左側是高中校地，現在是成排的組合屋。
前方樹林間可見體育館凹下的屋頂。

2012.7.
陸前高田・竹駒町

那天我們
小小吵了架
誰能料到
在那之後會
夫妻失散

在座的各位
別再磨磨蹭蹭
生活上要
夫妻坦誠！

對了……
妻子似乎是罵
「你囂張的態度
我看了就煩」
我們才會吵架

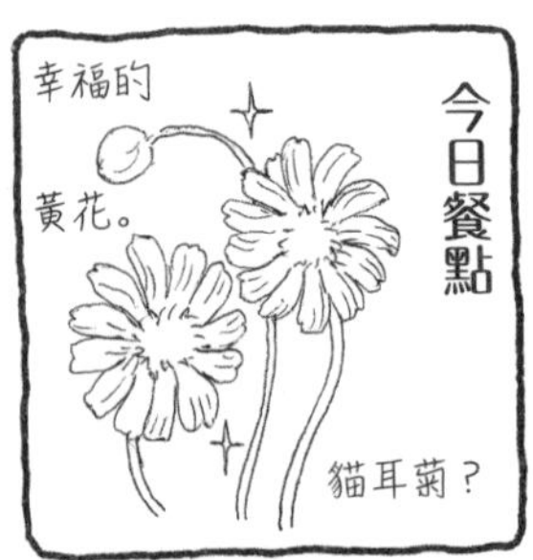

* 出自日本電影《幸福的黃手帕》，內容講述一名男子出獄後，因不確定妻子是否仍在等他，而在信中交代妻子若是願意，就在家門口綁上黃手帕。

聚落入口有組合屋和派出所。
入口綁著黃手帕*，祈禱眾人早日重回安穩的生活。

2012.7.
広田小学校

夕陽輕輕撫過
平坦的屋頂
各位可能
沒發現
我剛剛也
輕輕摸過
屋頂喔
和妻子一樣的
熱呼呼！

今日餐點

來吃魁蒿吧。

成排的組合屋蓋在小學校地，扶手前是一座水快滿出的游泳池。
從游泳池可望見大海。

1年4個月後的釜石

各都道府縣報告的避難人數※（計算至平成25年8月12日）☆12 ※⑤
岩手縣：1,540
宮城縣：7,538
福島縣：52,277
三縣合計：61,355

※⑤ 由於各縣的避難所已全數關閉，避難人數只包含在縣外避難的人（根據復興廳調查）。

* 位於岩手縣釜石市的國定古蹟，世界遺產「明治工業革命遺蹟：鋼鐵、造船和煤礦」中的工業建設之一。

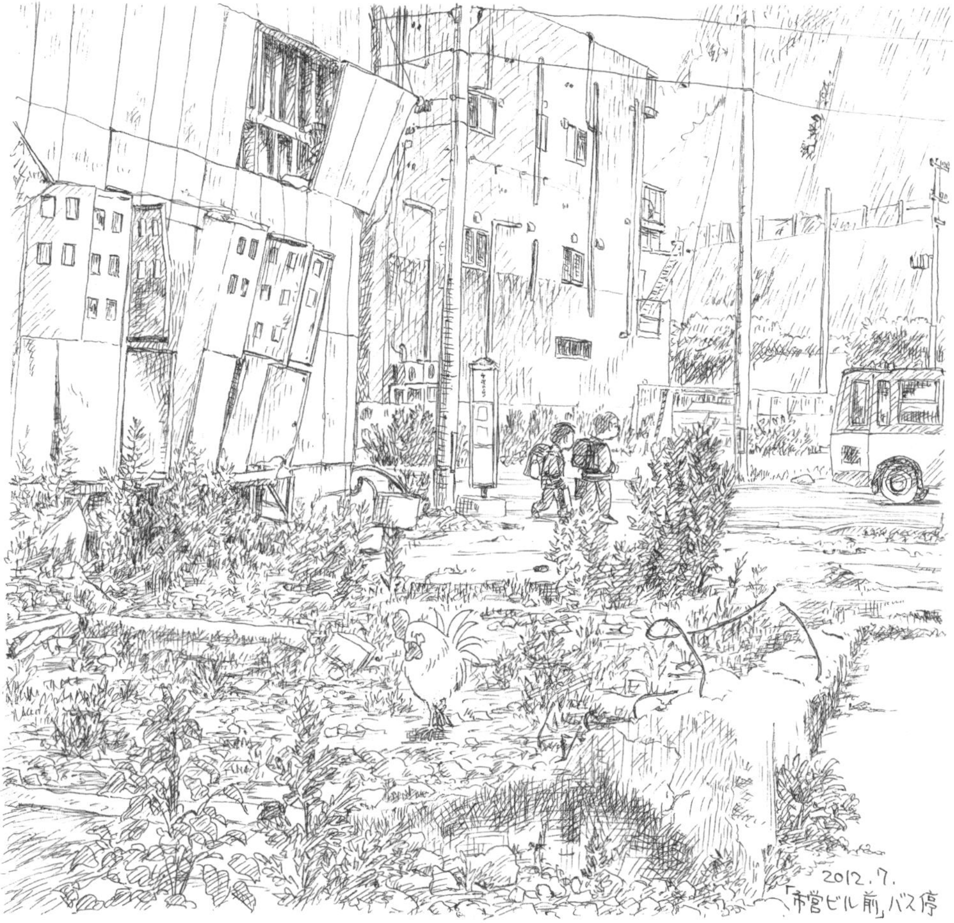
2012.7.
「市営ビル前」バス停

重回舊地
釜石
我依然認為
妻子會喜歡
這條街
因為可見
穿紅運動服
的學生
以及白煙裊裊
的鐵工廠……
……不要逼我說清楚
我會害羞！

今日餐點
紅藜*！

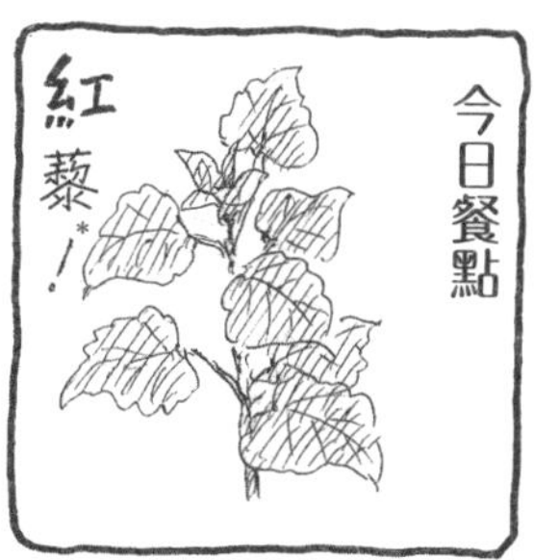

* 雞飼料之一，英文叫 Fat Hen，胖母雞之意。

公車在早上7點半左右會來。時值7月，早晚還是很冷，孩子們都穿著長褲。

2012.7
釜石市街

啊
天空說
「活下去」
說話都
不用負責
因為不關己事
因為是人的事*
但要不要
全盤接受
是我們的自由

*「別人的事」日文叫「人事」，在此為雙關。

時隔九個月再訪釜石，建築物幾乎沒變，不過窗戶和鐵捲門被拆掉了。
空地上開了一些小店。

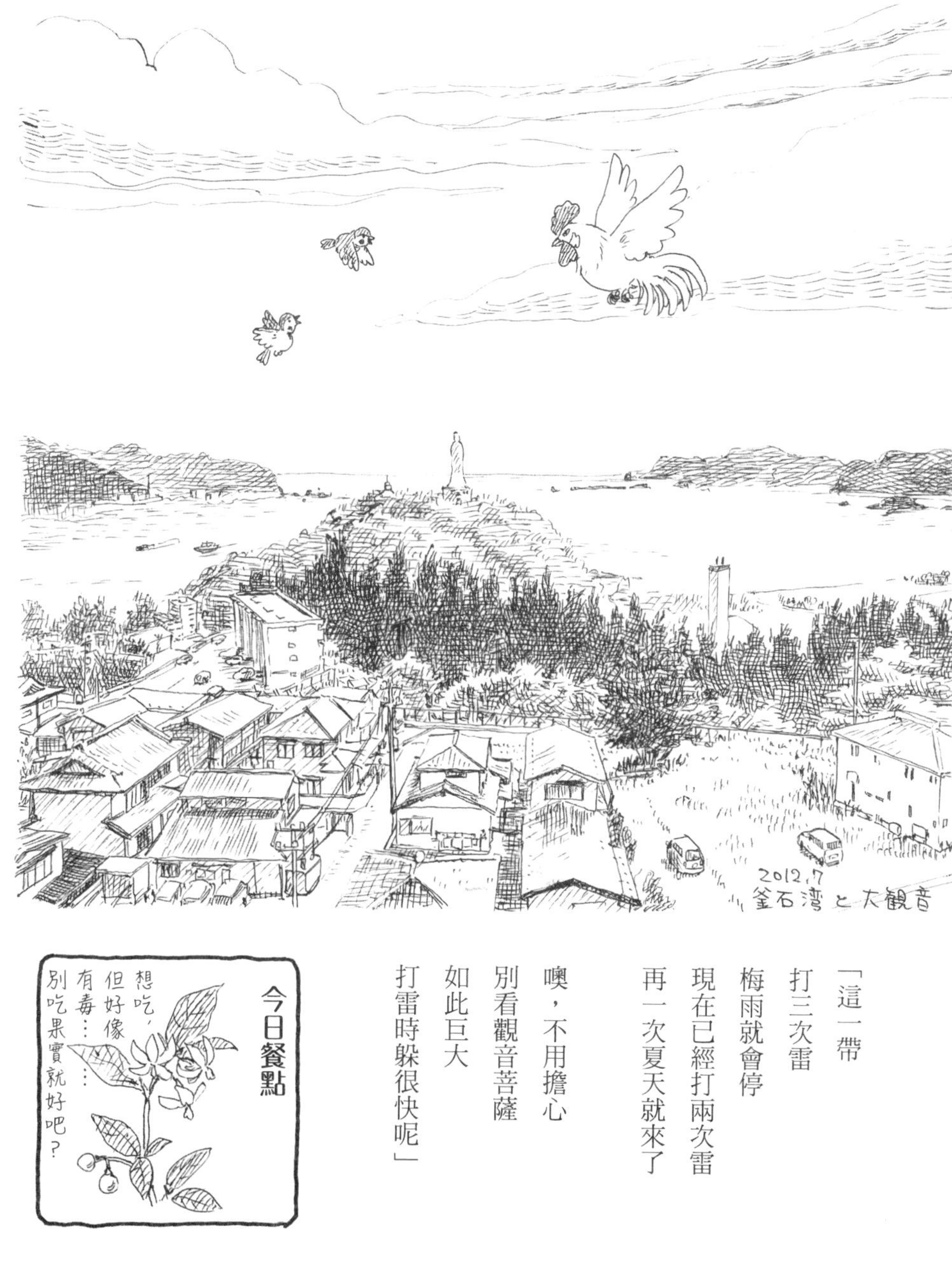

「這一帶
打三次雷
梅雨就會停
現在已經打兩次雷
再一次夏天就來了
噢，不用擔心
別看觀音菩薩
如此巨大
打雷時躲很快呢」

✐前五行是當地人說的話。這是從「鐵之歷史館」看到的風景。

1年半後的
南三陸・石卷・仙台

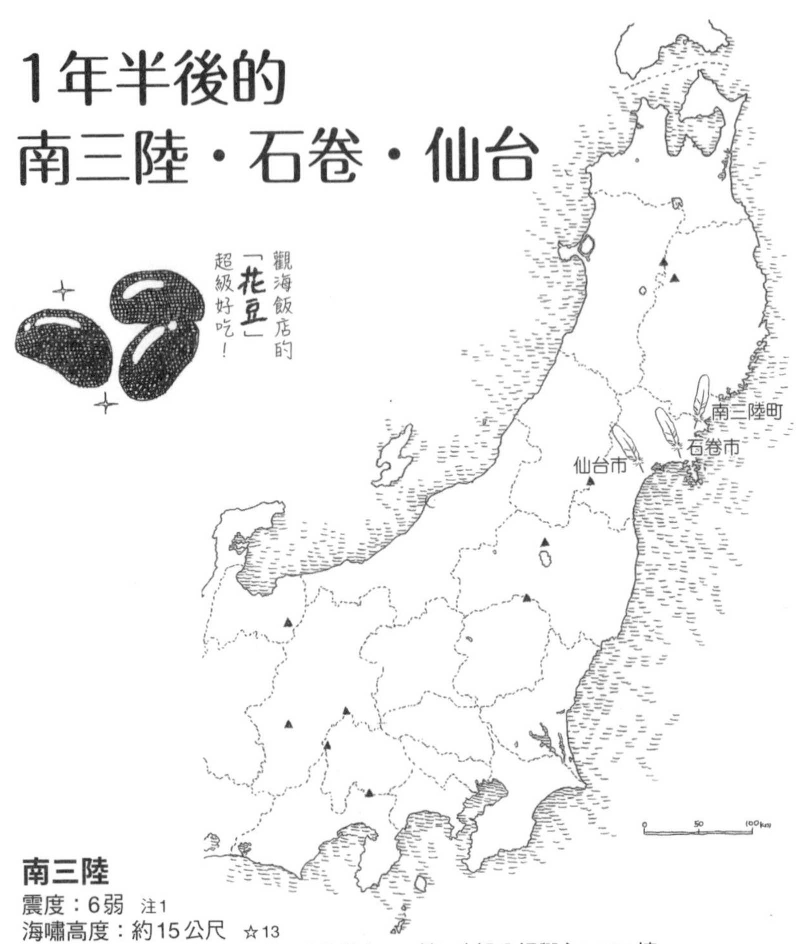

南三陸

震度：6弱　注1
海嘯高度：約15公尺　☆13
住宅災情：〔全毀〕3,143棟　〔半毀〕178棟　〔部分損毀〕1,204棟　注5
淹水影響範圍：〔人口〕14,389　〔住戶〕4,375　注6

石卷

震度：6強　☆14
海嘯高度：15.5公尺　☆4
住宅災情：〔全毀〕19,975棟　〔半毀〕13,097棟　〔部分損毀〕19,948棟　注5
※石卷市的受災戶數占了受災前全戶數的76.6%
淹水影響範圍：〔人口〕112,276　〔住戶〕42,157　注6
應急組合屋的完成狀況：〔戶數〕7,297　〔完成戶數〕7,297　注7

仙台

震度：6強　注1
海嘯高度：7.2公尺（藉由痕跡等來推測的海嘯高度）　注4
住宅災情：〔全毀〕30,034棟　〔半毀〕109,609棟　〔部分損毀〕116,046棟　注5
應急組合屋的完成狀況：〔戶數〕1,523　〔完成戶數〕1,523　注7

唔……
妻子走路
很少看路標
用鑽石裝飾的話
應該會看吧
但可能就
離不開了……

今日餐點

蒿草上沾了
小花。

殘存的步道標示了海嘯逃難路線。對面停著參訪巴士。

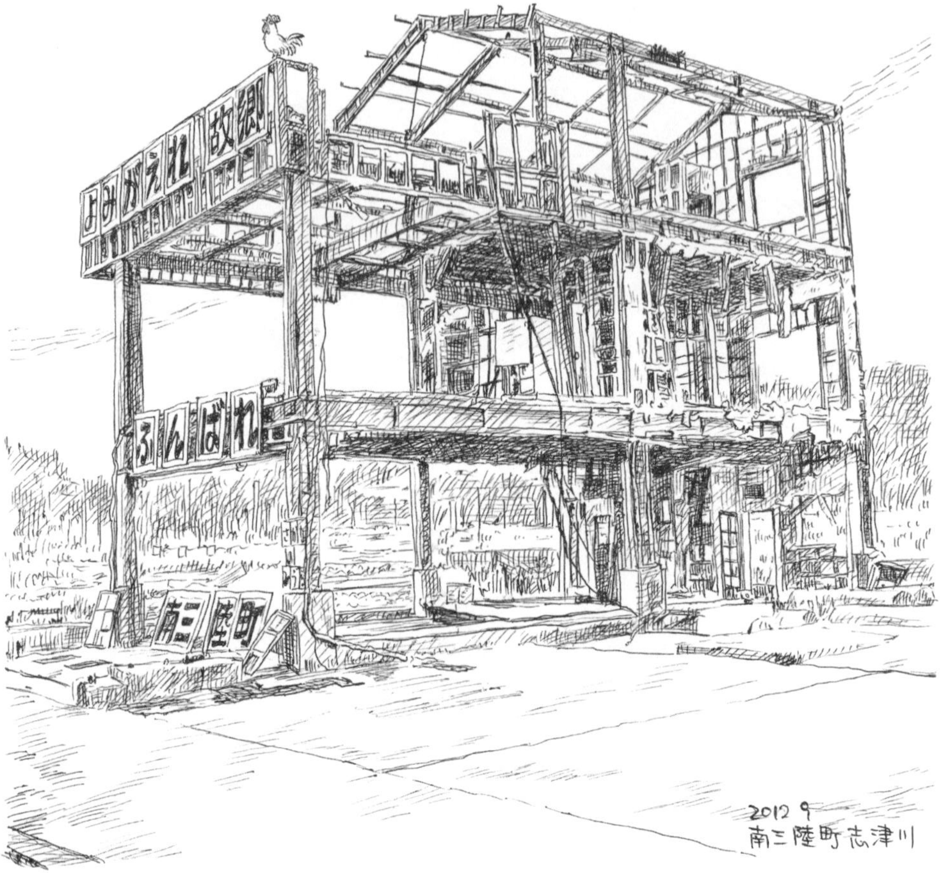

よみがえれ故郷
ふんばれ
南三陸町
2012 9
南三陸町志津川

*喚醒故鄉　撐下去　南三陸町

人們常說
黑夜
總會過去
但是
要看到黎明
並不容易
我也是啊
每次報完時
都會睡回去

今日餐點
咦？
有紅色的
狗尾草呢。

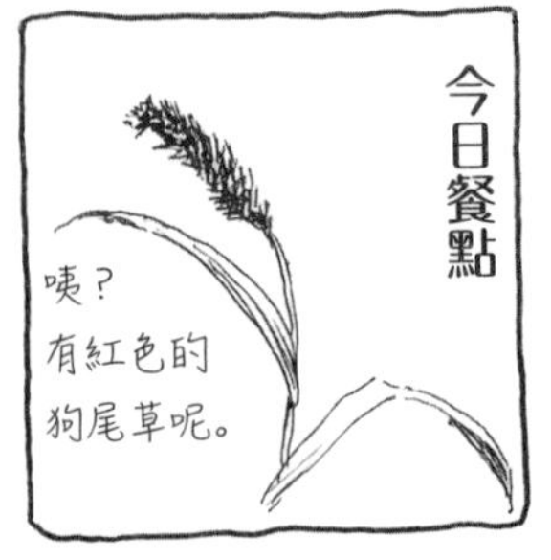

隨處可見類似的看板，能感受到小鎮仍在呼吸。

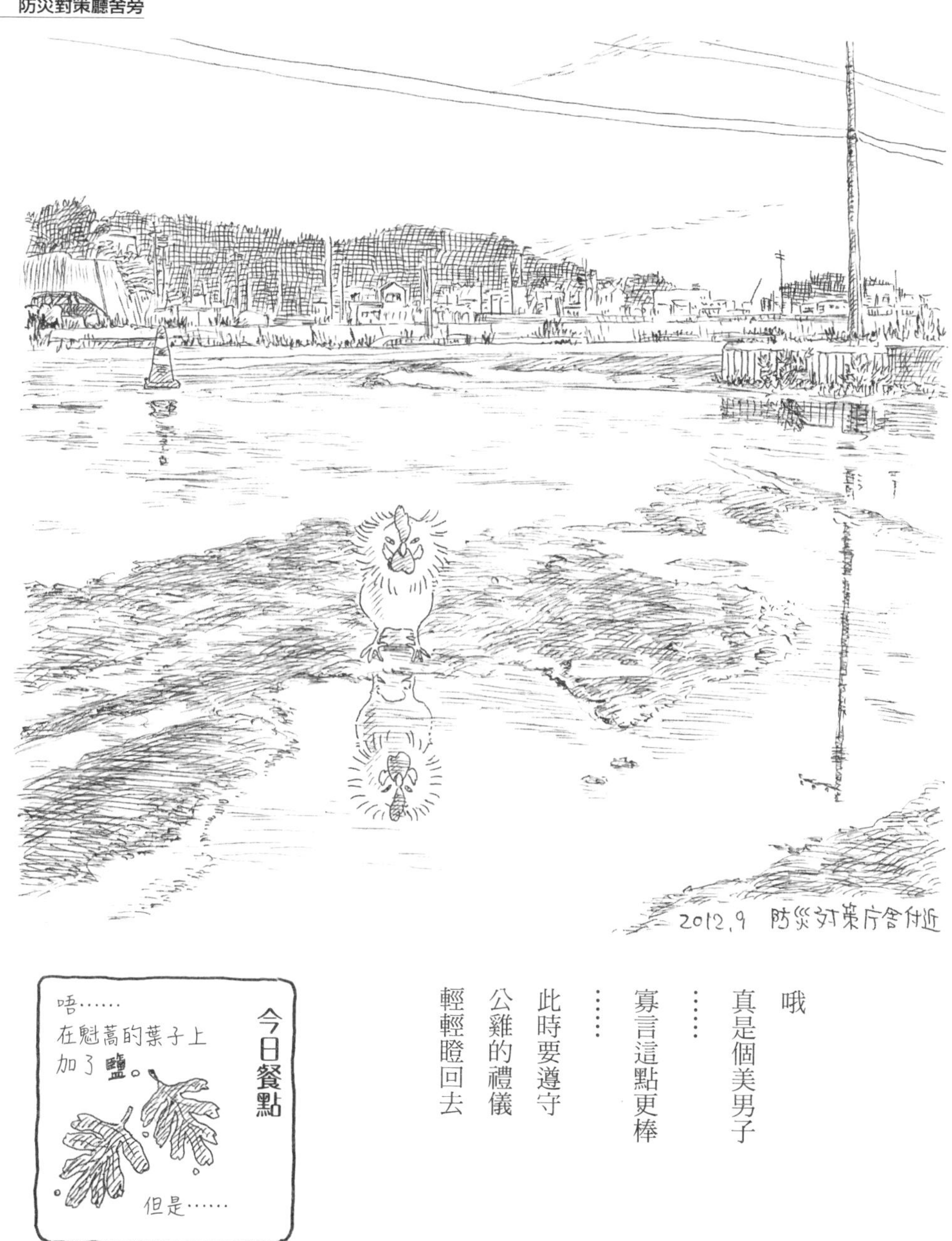

哦

真是個美男子

……

寡言這點更棒

……

此時要遵守

公雞的禮儀

輕輕瞪回去

今日餐點

唔……

在魁蒿的葉子上

加了鹽。

但是……

✐沒有下雨路面卻積了水，舔了之後才發現是海水。

2012.9 南三陸町 志津川

突然想到
常在加油站看到
打工的
可愛女孩……
說不定妻子也……
不，不會
妻子痛恨被人
頤指氣使……
不，等等
這裡壞成這樣
說不定是妻子……

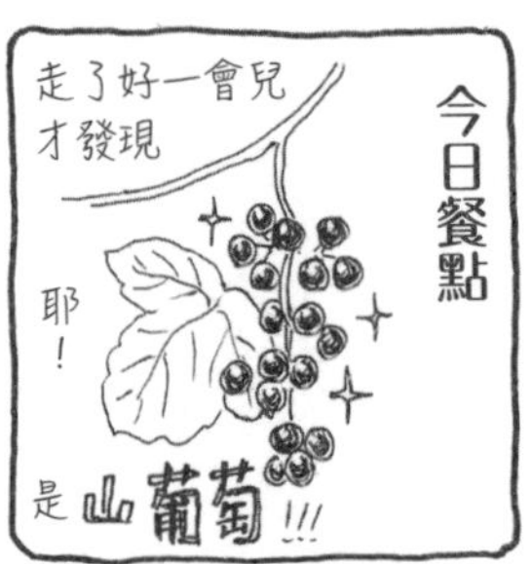

✎交通號誌壞了，加油站的屋頂和牆壁也被掀起，卻依然精神抖擻地營業著。
對面是瓦礫堆放場。

2012.9 気仙沼線と志津川湾

「那一天
海水後退到
看得見灣底
緊接著
大浪來襲

不過
人生有高低起伏
海也有高低起伏
對吧」

前五行是當地人說的話。氣仙沼線直至平成26年（2014年）仍有七成路段未恢復通車。

2012 9
陸前戶倉駅

哼
是隧道……
我最怕
走隧道……
說來汗顏
我會想起
差點被大蛇吞掉的
恐怖回憶……
妻子救我的模樣
也很驚人就是了……

由公車暫代停擺的電車維持交通。
車站前蓋了小型便利商店與廁所，許多人開車往返。

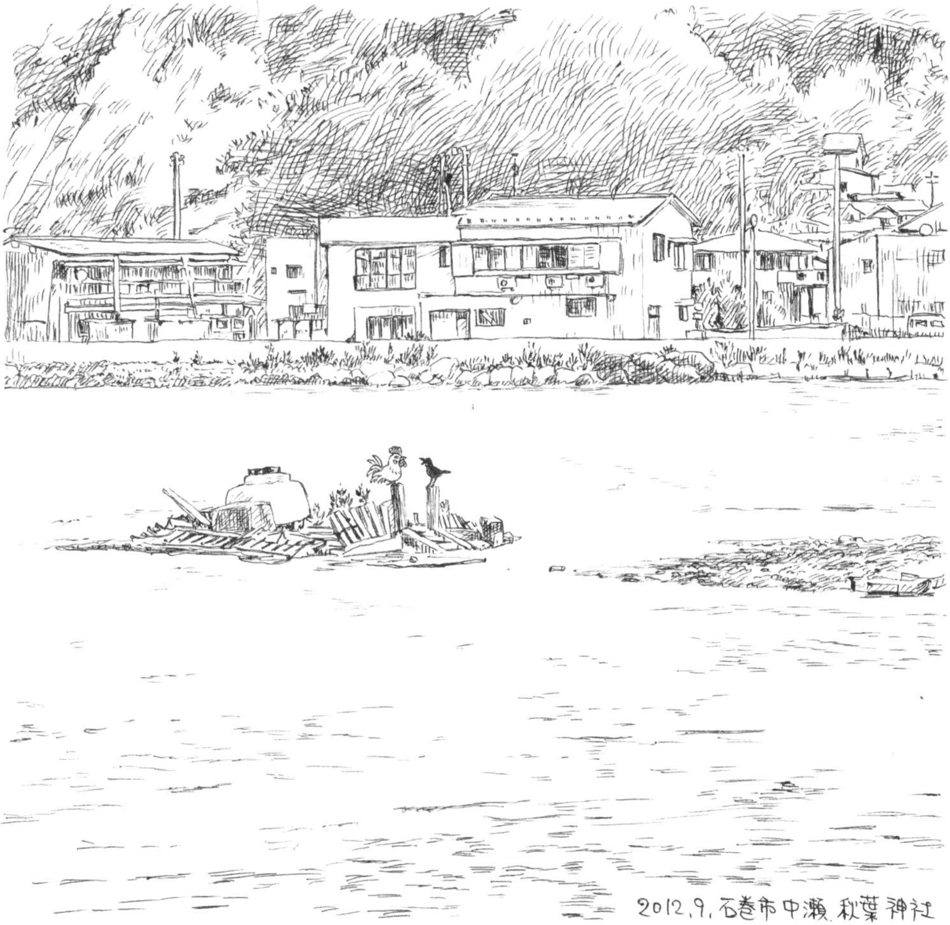
2012.9. 石巻市中瀬 秋葉神社

今日餐點
師草。

好的
笨拙如我
今天斗膽來為
狛犬*代班
兼當貨真價實的
鳥居**喔

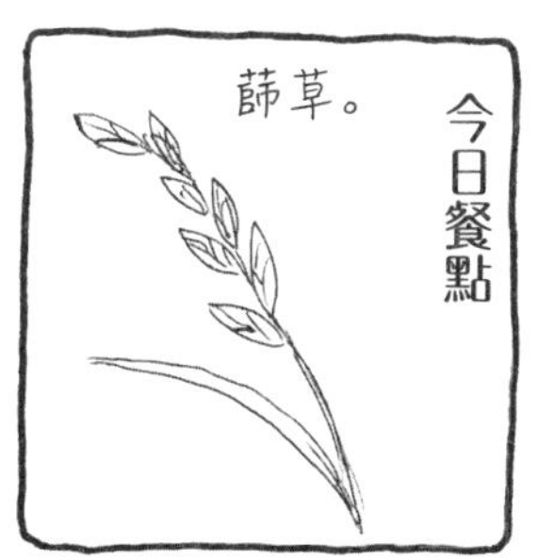

* 即長得像獅子的狗，類似台灣的石獅子，與佛教一起傳入日本，是日本神社文化的重要建築。
** 日本神社前的紅色牌坊，相傳是神域和人世的交界。
*** 紀念日本宮城縣出身的知名漫畫家石之森章太郎（早期筆名石森章太郎）的畫廊。

附近有許多神社。位於河川中央小島上的石之森萬畫館***與教堂在改建中。

2012.9
旧北上川・西内海橋

所以？
這裡平時在辦
什麼活動？
平時看起來
也像一條河
來瞧瞧活動名稱
咦?!原來不是
旧北上川
是旧*北上川！

*「旧」為日文漢字，古老之意。

面海的護欄仍未修復，對面的人行道可以正常通行。

2012.9 石巻市街

如果可以許願
願我和妻子
住在這裡
無論颱風
無論陰晴
妻子總是
如此耀眼
我要和她各自在
屋頂的上與下
前行

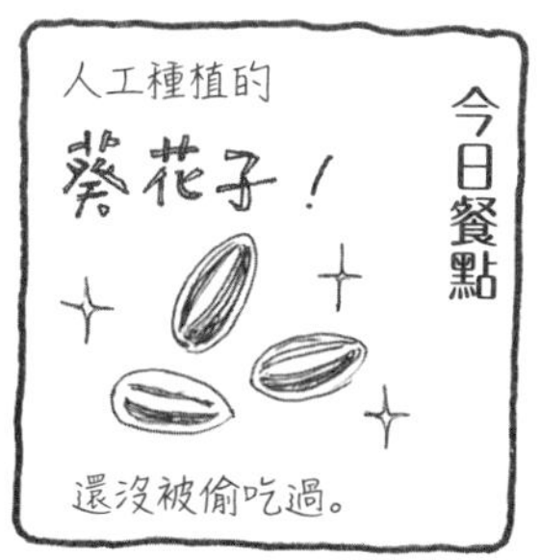

✎受海嘯影響，商店街淹水達1公尺高，隨處可見店面被掏空、只剩屋頂的建築物殘跡。

2012.9.仙台駅前

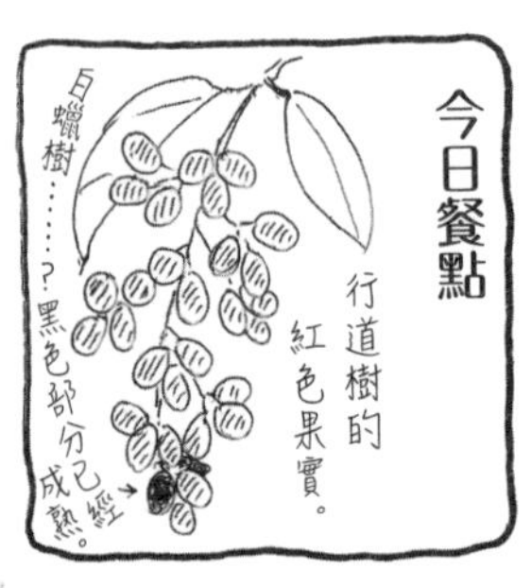

今日餐點
行道樹的紅色果實。
白蠟樹……？
黑色部分已經成熟。

我的影子
若是投在
平滑的石板地上
沉睡的路燈上
路人的頭髮上
你的肩膀或背上
你會發現嗎？
或許你也沒發現
妻子曾在你身旁
投下影子吧

* 仙台出身的知名日本戰國武將。

從車站東門看到的風景。青葉大道出口方向的路燈上，有騎著小馬的伊達政宗*。

鵲鴨

黑尾鷗

麻雀

鸕鷀

1年9個月後的
磐城・楢葉・廣野

磐城

震度：6弱　注8
海嘯高度：6.8公尺　☆4
住宅災情：〔全毀〕7,917棟　〔半毀〕32,537棟　〔部分損毀〕50,087棟　注5
淹水影響範圍：〔人口〕32,520　〔住戶〕11,345　注6
應急組合屋的完成狀況：〔戶數〕3,512　〔完成戶數〕3,422　注7

楢葉

震度：6強　注8
海嘯高度：約5公尺　☆15
核電廠的影響：從「警戒區域（距離發電廠半徑20公里以內）」改為「避難指示預備解除區域（年間受輻射照射20西弗以下的區域）」☆16
住宅災情：〔全毀〕50棟　〔半毀〕不明　〔部分損毀〕不明　注5
淹水影響範圍：〔人口〕1,746　〔住戶〕543　注6

廣野

震度：6弱　注8
海嘯高度：約5公尺　☆15
核電廠的影響：廣野町與位在第一核電廠半徑20公里以內警戒區域而遭封鎖的雙葉、大熊兩町不同，幾乎全區都在半徑20公里以外，因此已於2011年9月底，遵照「緊急避難預備區域（被要求撤離屋內或準備避難的地區）」之基準解除封鎖。
住宅災情：〔全毀〕不明　〔半毀〕不明　〔部分損毀〕不明　注5
淹水影響範圍：〔人口〕1,385　〔住戶〕444　注6
應急組合屋的完成狀況：〔戶數〕46　〔完成戶數〕46　注7

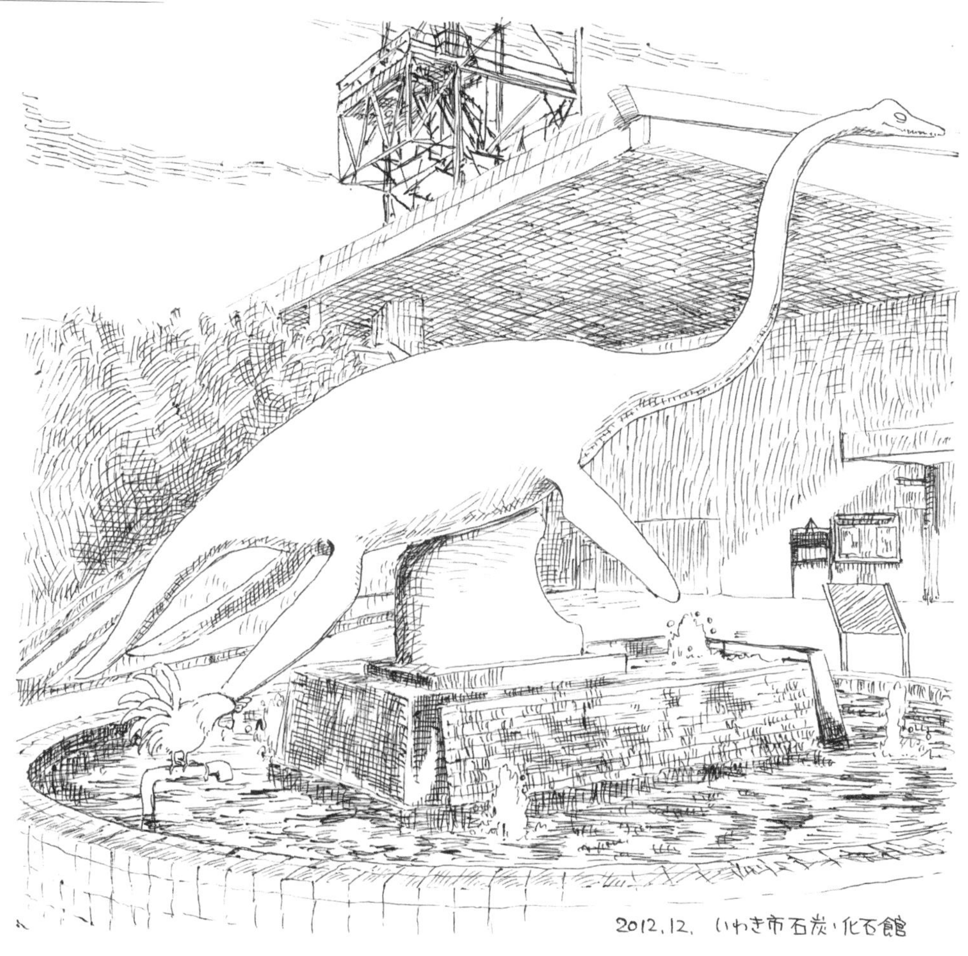

哦哦……
找到妻子了！
啊
妳瘦了一點
翅膀宛如雛鳥
變得好小……
…………
那個……
我先道歉
但妳的腿
有這麼粗嗎?!

今日餐點

什麼?!
水溝蓋上
長出了
寬葉香蒲◎

* Futabasaurus，日本發現的第一具蛇頸龍類化石。屬名雙葉（雙葉層），種名以發現者鈴木直命名。《哆啦A夢》恐龍系列中登場的蛇頸龍，即是以此為藍本。

✎當地出土的雙葉鈴木龍*之還原模型。我在湯本車站前的泡腳池泡腳時，當地大嬸對我說：「妳從東京來嗎？我好想去東京晴空塔看看啊。」

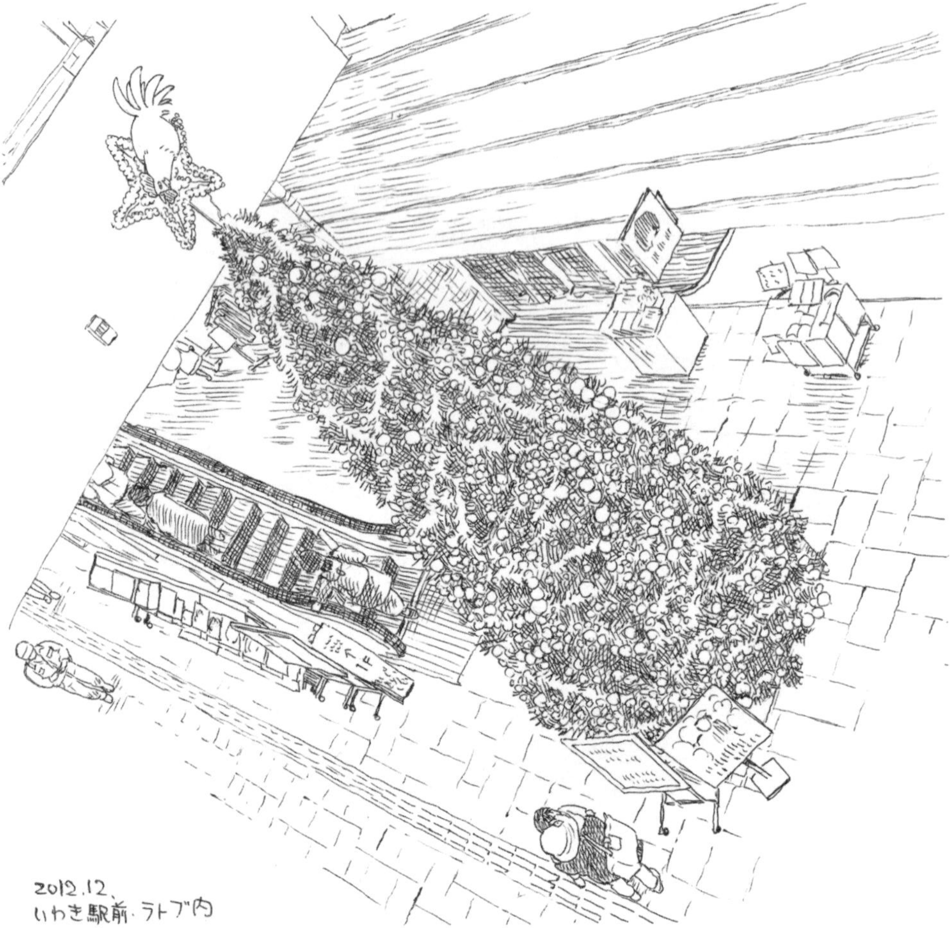
2012.12、
いわき駅前・ラトブ内

妻子時常被人追趕
她太美了
哪裡美呢
藏在肚子下的
寶石很美

我沒有美麗的寶石
但從春天吃到秋天
圓滾滾的肚子
儲藏了各地的寶藏

是因為這樣嗎……？
每到這個時節
好像總有人想抓我……

今日寶藏
Lucky!
有
糖果
掉在地上!!

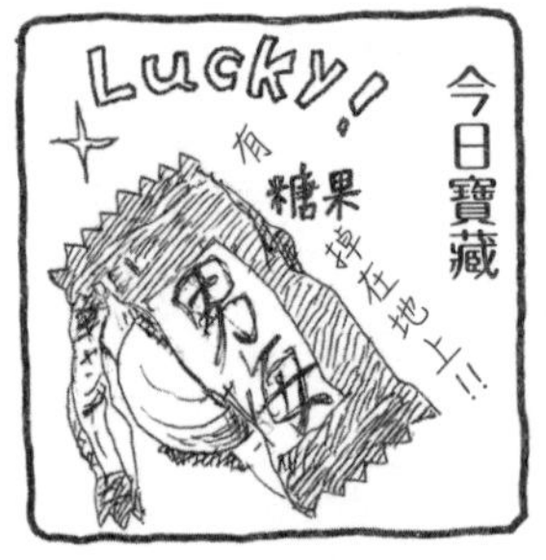

應該是為了省電，街上的聖誕裝飾並不多，不過商圈大樓的穿堂擺放著華麗的大聖誕樹。

2012.10.12. 久ノ浜(ひさ)

「我從來沒想過
大浪會席捲而來
也從不知道
淹水的時候
會發生火災
最令我訝異的是
那戶人家養的
調皮小狗
從避難所回來後
竟然變成了
乖巧的小少爺」

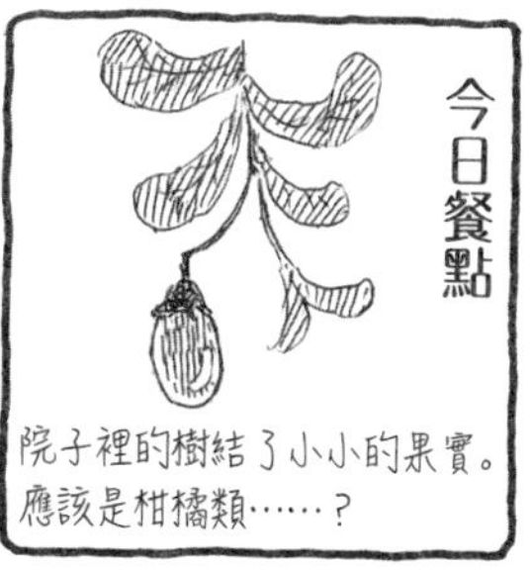

今日餐點
院子裡的樹結了小小的果實。
應該是柑橘類……？

✎這是歷經過避難生活的當地居民對我說的話。
聽說狗兒在東京的狗專用避難所住了一陣子之後，完全變成室內犬。

2012,12.
久ノ浜

「我嗎？
我是『幸福的
藍磯鶇』啊
來為你報喜
你的太太？
我見過一隻
格外巨大
耀眼的鳥
從這裡往北走
一會兒就到了」

* 5月5日兒童節不同於3月3日女兒節，是屬於男孩的節日。
大人會在這天為男孩準備鯉魚旗、武士頭盔和盔甲，祈求孩子健康成長、勇氣倍增。

堤防上設置了小小的慰靈塔。
其中一座擺了5月兒童節用的頭盔擺飾*，供上雛菊。

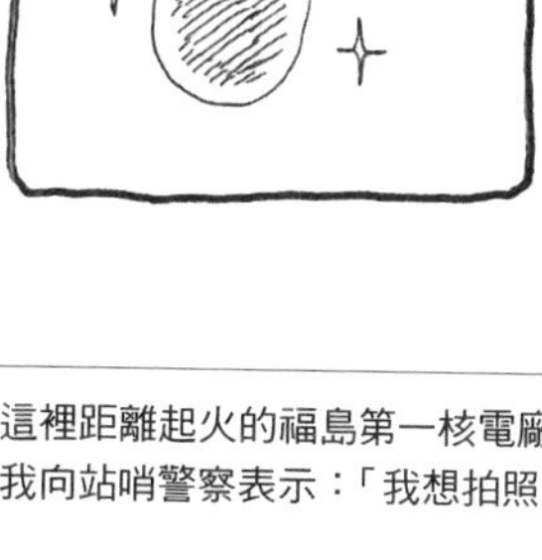

2012,12. 楢葉町

哦？
以下路段
「禁止進入」
……
……
如果是因為
「妻子正在化妝」
我要誠心向各位
說抱歉

這裡距離起火的福島第一核電廠僅13公里。
我向站哨警察表示：「我想拍照，用來畫畫。」警察要我留下姓名和地址。

常磐線・広野駅 2012.12.

又是「禁止進入」？
那「飛入」呢……
想歸想
紳士並不會這樣做
如果是因為
「妻子正在換毛中」
我可能會被啄到禿吧

廣野站是常磐線的轉運站。
由於只剩單向通車，通往對側的天橋禁止進入。

2012.12 木戶川橋付近

「您在找美麗的鳥？」「就是您啊。」「您如此尊爵不凡，一定是您。」「不，就是您。」「哪像我，從小被嫌醜，還被排擠呢。」「但有一顆美麗的心。」「您也是。」「不不，您才是。」「咦，不好了！堵住雞先生腦袋的茅草掉了。」「我來為您找一找。」

妻子，不好了！

世上竟有如此
美麗謙虛
高貴善良的鳥！

此區可以進入，但是禁止留宿。
半數天鵝仍是灰色的幼鳥。

2012.12. 楢葉町

說起來
我們鳥類生來就是
高傲的動物
只會在獨處時
練習唱歌跳舞
眼前就是
一人KTV的
專屬舞台

今日餐點

會黏到身上的討厭植物。

某種菊科植物的種子。

✐適合假日帶全家出遊嬉鬧的海邊小鎮。這一天很安靜，時間彷彿靜止了。

共命之鳥

大嘴烏鴉

大葦鶯

1年11個月後的
上山・郡山・本宮

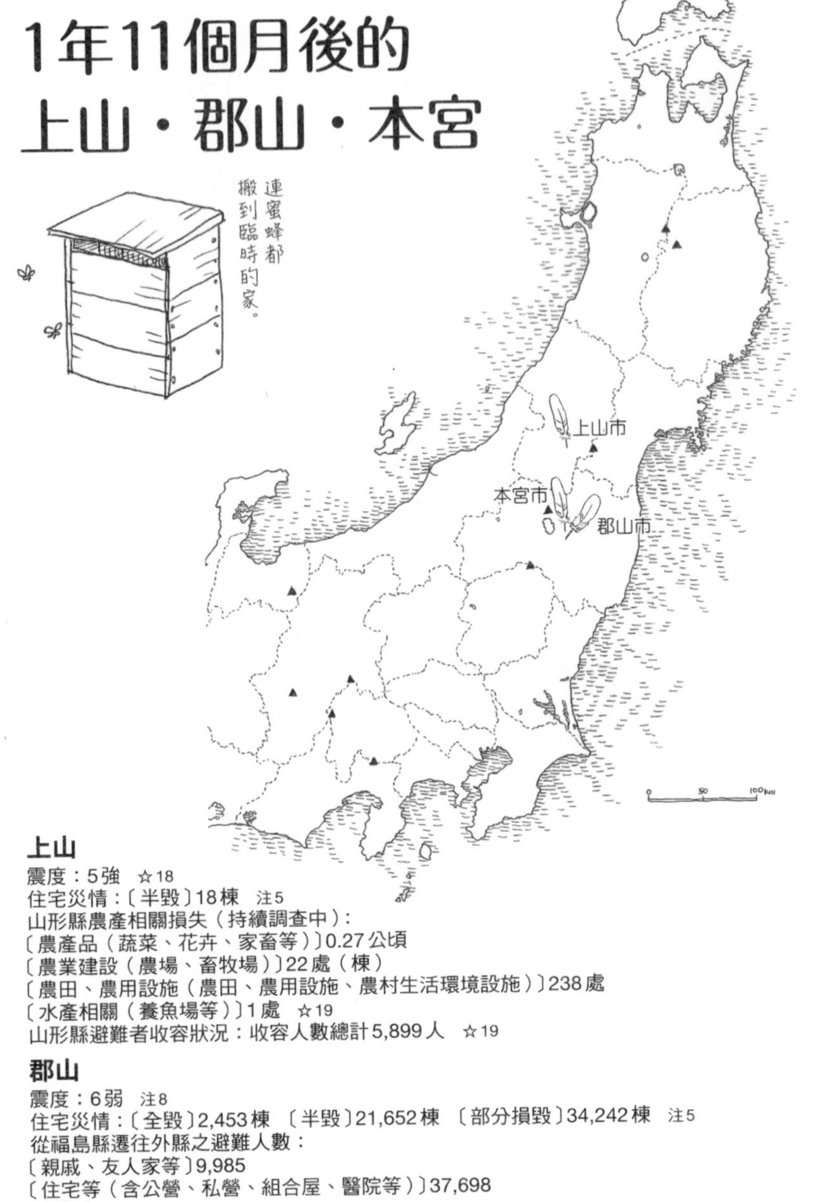

上山

震度：5強　☆18
住宅災情：〔半毀〕18棟　注5
山形縣農產相關損失（持續調查中）：
〔農產品（蔬菜、花卉、家畜等）〕0.27公頃
〔農業建設（農場、畜牧場）〕22處（棟）
〔農田、農用設施（農田、農用設施、農村生活環境設施）〕238處
〔水產相關（養魚場等）〕1處　☆19
山形縣避難者收容狀況：收容人數總計5,899人　☆19

郡山

震度：6弱　注8
住宅災情：〔全毀〕2,453棟　〔半毀〕21,652棟　〔部分損毀〕34,242棟　注5
從福島縣遷往外縣之避難人數：
〔親戚、友人家等〕9,985
〔住宅等（含公營、私營、組合屋、醫院等）〕37,698
〔總計〕47,683　☆20

本宮

震度：6弱　注8
住宅災情：〔全毀〕16棟　〔半毀〕220棟　〔部分損毀〕3,225棟　注5
應急組合屋的完成狀況：〔戶數〕421　〔完成戶數〕475　注7

2013.2.上山温泉・カミン前

「喀 歡迎來到
喀 有加勢鳥與冰柱鎮的
喀 神之山嶺！
呀 潑上冰涼的水
喀 在頭上綁稻草
喀 悠哉泡個溫泉
喀 就能一掃陰霾
喀 老闆娘**在哪裡
喀 什麼？
喀 是可愛的小姑娘?!
呀 喂……別跟我搶
喀 拜託別激動！」

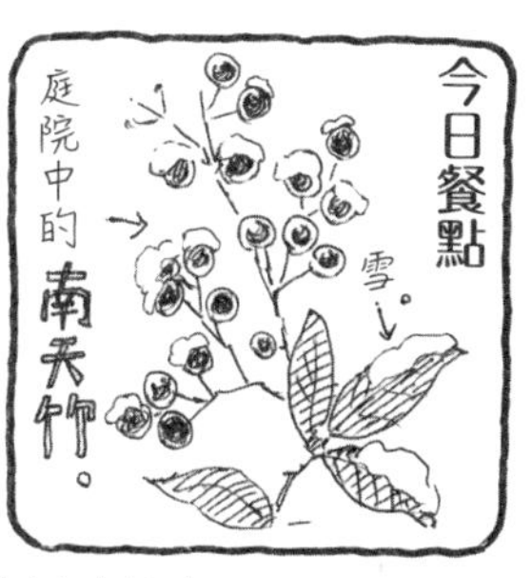

* 當地大型購物中心名稱，已永久歇業。

** 日文的「神」與「老闆娘」同音，商人亦稱妻子為老闆娘，因此本句同時具有「太太在哪裡」之意。此外，KAMIN購物中心亦發音相近。

當地的奇特習俗「加勢鳥」。男人換上稻草衣，喊著如同每一句句首發音的口號，繞街遊行。走在雪地裡的「加勢鳥」，個個手腳通紅。據說潑水可保生意興隆，將稻草綁在頭頂會長出濃密的黑髮。

今日餐點

下次想在蒲公英的季節來訪……

今天也是南天竹。

好的
今天要在
如此絕景下
擔任雨漏*雞
……
因為保護色
沒人發現我
有點淒涼
……

* 雨漏又稱滴水嘴獸。建於建築物輸水管噴口的石雕，通常會做成動物或怪獸模樣，嘴上設有排水孔。

✎從上山城望見的風景。當天街道上掉滿「加勢鳥」身上的稻草。

2013.2. 鶴の休石

傳說從前有
腳受傷的鶴
飛來溫泉
泡腳休息
我就在這裡治療
受傷的心吧

為什麼傷心？

因為腿短
差點在隔壁的足湯
溺斃！

街上隨處可見足湯。這裡積雪相對較少，雪深約30公分，大概是地熱的功勞。

今日餐點

真感謝院子裡
種的南天竹。

雪國之旅的
可怕在於
不知道哪裡是路
不是開玩笑
真的很恐怖！

羽州街道的旅館街。似乎直接將鏟起的雪放流河川。
聽說石造觀景橋是明治時代的建築。

2013.2. 楢下宿、庄内屋

每次雲從
拉門後方的
雪與冰上飄過
陽光照入
妻子啊
我都以為
是妳來了

從前的人
是否也像這樣
思念著
遠方之人

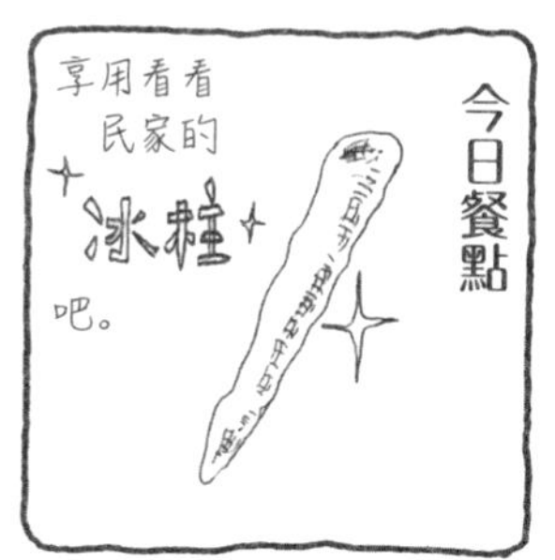

這裡保留了幾家江戶時代的旅館，供人參觀。
只有民家的屋簷下會結出長長的冰柱。

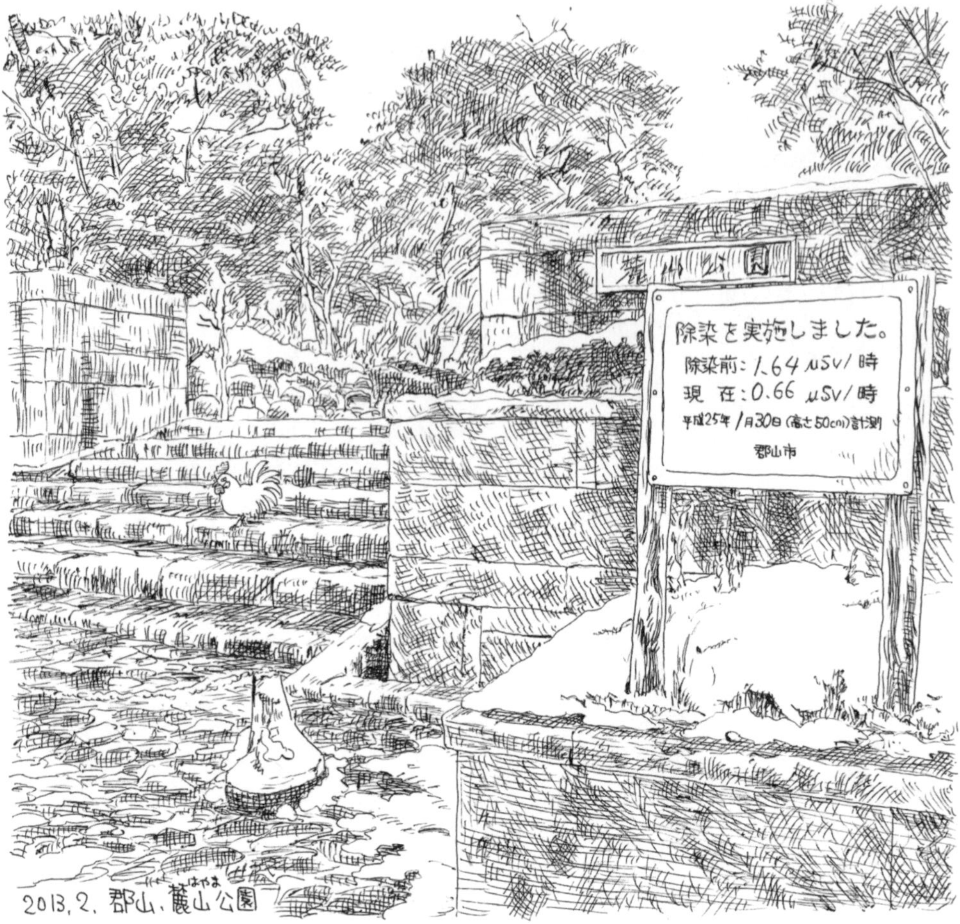
除染を実施しました。
除染前：1.64 μSv/時
現 在：0.66 μSv/時
平成25年1月30日(高さ50cm)計測
郡山市
2013.2. 郡山．麓山公園

在大公園裡
獨自散步
真累啊

妻子在時
我都看著她
所以不會累

因為妻子不是把
食物吃得到處都是
就是四處和人吵架
我必須看緊她

今日餐點

停車場的蒿草結果了。

從麻雀那搶來的。

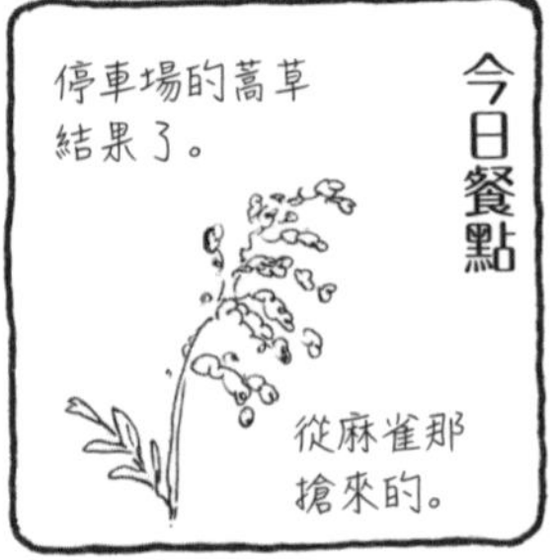

早上在公園看到清掃員的身影。現在似乎是除雪的季節，不是除輻射。

2013.2. 本宮市街

早噢！
有勞您
用漁網撈捕
街上垃圾！

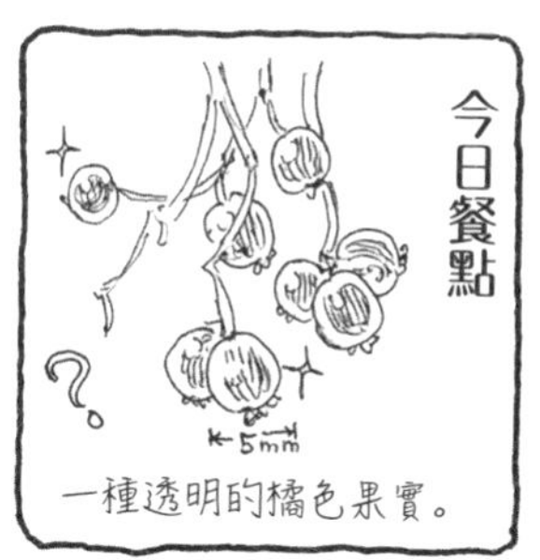

石塔上刻著「水神　大正二十年（1923年）八月所建」。水神大人竟然也管理垃圾。

2013.2 阿武隈川と安達太良山

「聽說
本宮市又叫
『福島的肚臍』」
「安達太良山
則叫『乳頭山』」

「哼……
很像哺乳類
取的名字……」

橫跨阿武隈川的橋上風景。
不知是否因為水面反射的陽光太強，水鳥都聚集在橋下。

2013.2.本宮運動公園

好~的
笨拙如我
今天斗膽來當
移動餐車的
小幫手
要不要來點
新鮮的蔬菜肉類
或是來盤小菜啊

噢
雞肉不賣

今日餐點
原頁月
一種好吃的蒸麵包。
哀怨地盯著商品，
對方就分給我吃了……

因核電意外而來此避難的浪江町居民住的組合屋。
門前放著共用的鏟雪機和腳踏車等。

2年後的東京都

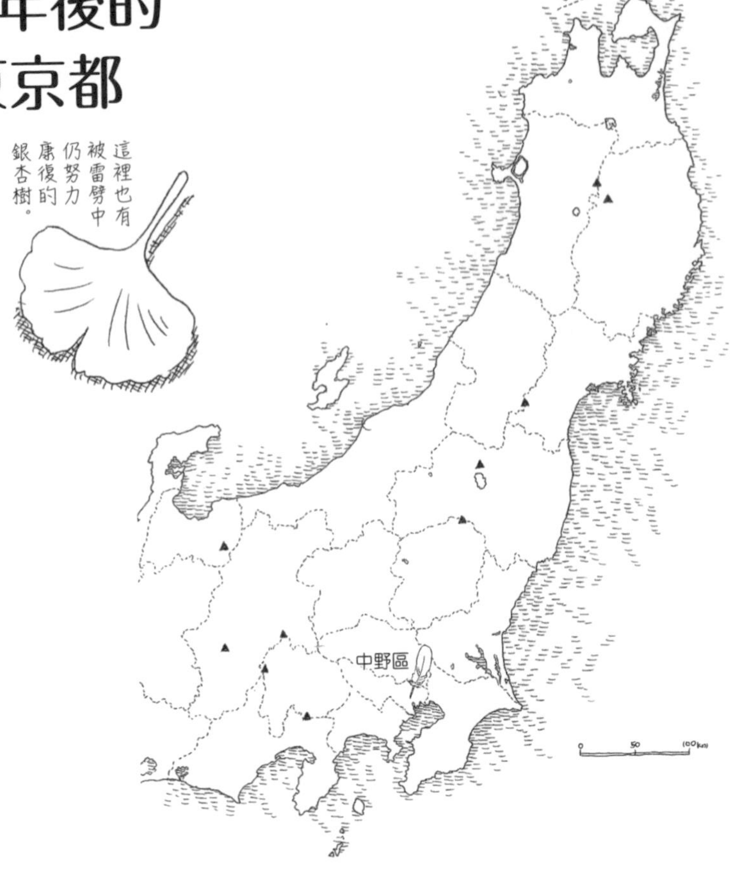

這裡也有被雷劈中仍努力康復的銀杏樹。
中野區

中野區

震度：5強　☆8

住宅災情：〔部分損毀〕216棟　注5

針對無法回家民眾的應變設施：收容人數　長期：1,850人　短期：3,700人

（中野廣場、中野中央國中、中野區公所）☆10

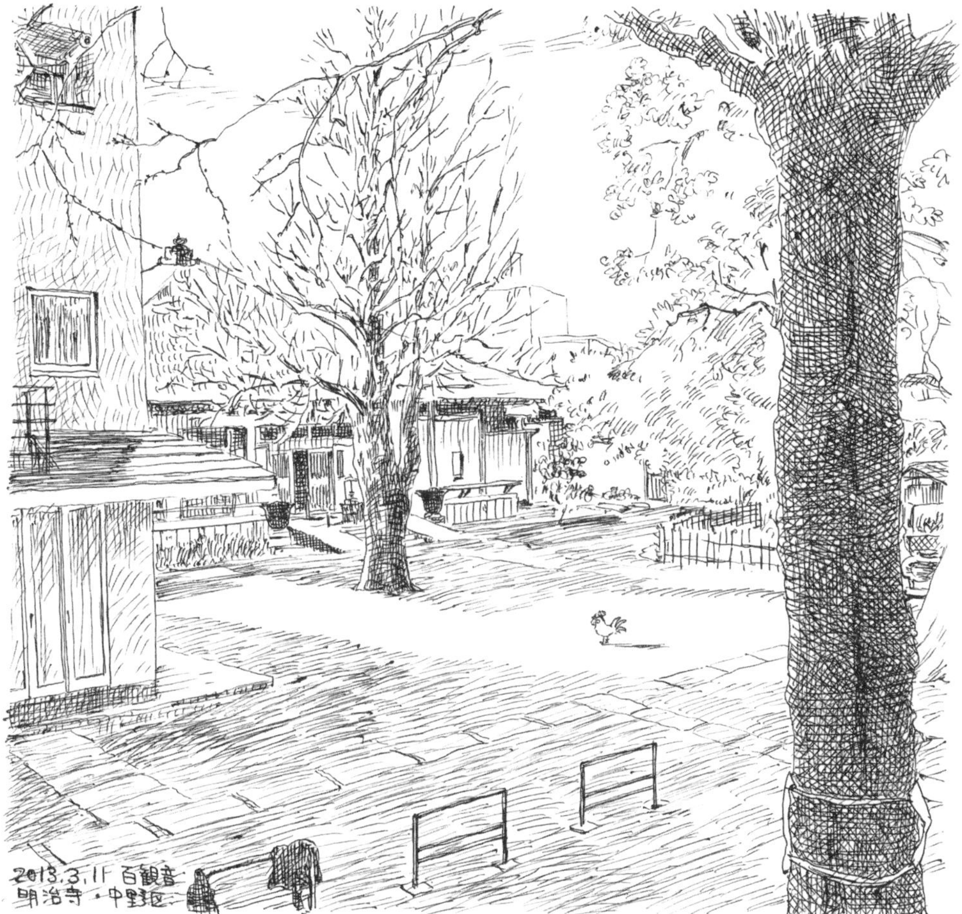
2013.3.11 百観音
明治寺・中野区

今日餐點
線香的煙
……
不行
靠它活不下去……。

即使如此仍倖存下來
即使如此仍繼續呼吸
即使如此仍要活下去

彷彿片刻不能大意

不過也有一點點
驕傲

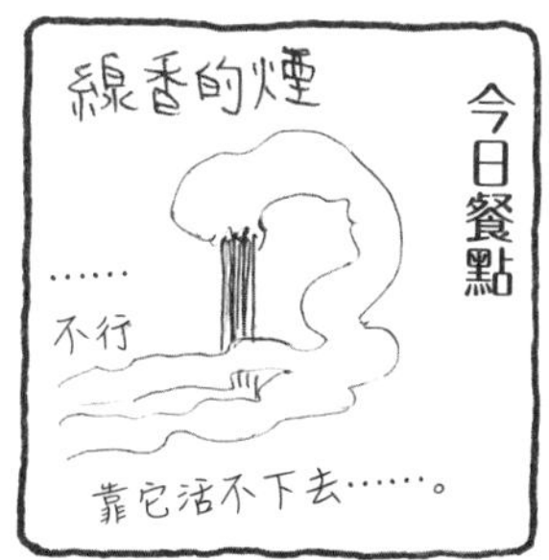

創建滿100週年的小寺院。
寺院中央的銀杏樹幹曾於戰時被燃燒彈擊中，經過68年仍昂首挺立。

2年1個月後的宮古・田老

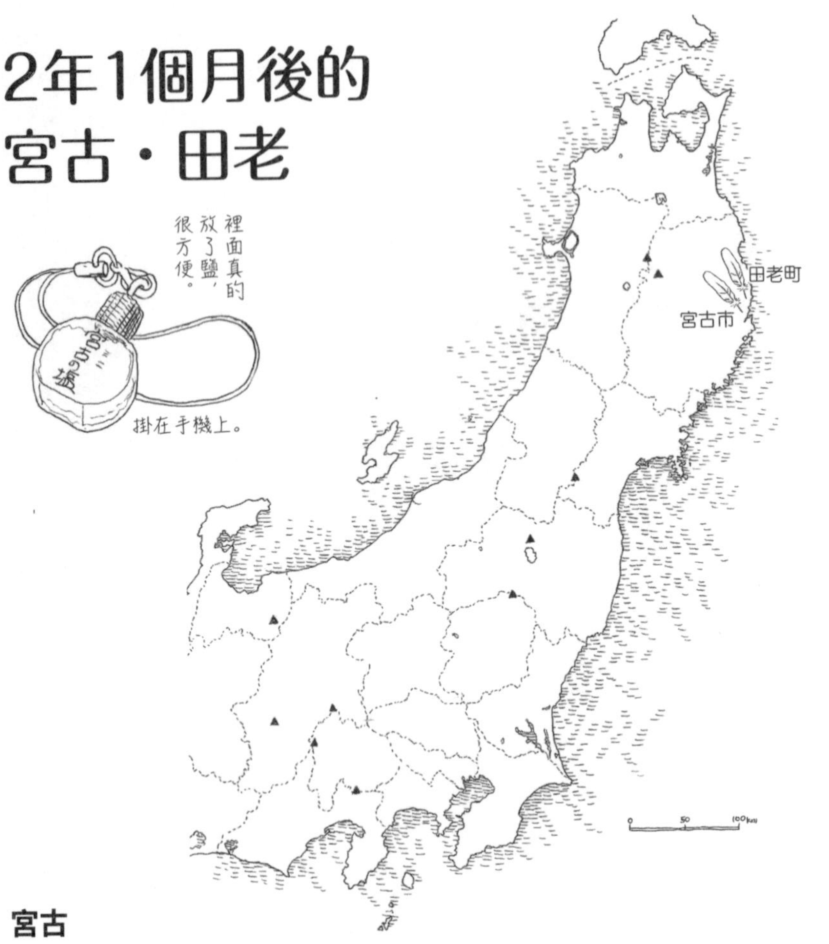

宮古

震度：5強　☆8

海嘯高度：8.5公尺以上（根據海嘯測量儀所測得的海嘯最大高度）

　　　　　7.3公尺（藉由痕跡等推測的海嘯高度）注4 ※④

住宅災情：〔全毀〕2,767棟　〔半毀〕1,331棟　〔部分損毀〕484棟　注5

淹水影響範圍：〔人口〕18,378　〔住戶〕7,209　注6

應急組合屋的完成狀況：〔戶數〕2,010　〔完成戶數〕2,010　注7

田老

震度：5弱　☆8

海嘯高度：最大波（波高）15時26分　8.5公尺以上　☆21

* 日文的「死後」音同「竊竊私語」。
**「心浮氣躁」、「海萵苣（海藻類）」、「也不過如此」的日文用字皆有部分諧音。

世人盛讚「淨土也不過如此」的海面相當清澈，甚至看得見海膽爬行。
不知為何，一群黑尾鷗蹲在沙岸。

剛剛
淨土之濱的白沙
刺痛了我的眼
我決定戴上帽子
讓眼睛休息
拄拐杖走路
結果絆到田梗……
搞什麼啊！
我是公雞
不是小雞！
才不會把
木棒當劍揮！

今日餐點

這一帶的
蒲公英
脖子好短哪!!

淨土之濱通往宮古車站的路上。
鋪著藍色塑膠墊的民家屋頂上，掛著好多鯉魚旗。

2013.4
宮古市街

噢
那身影像極了
妻子……
不，等等
妻子的腿
應該沒那麼長
真可惜啊
不可一世的態度
和妻子一模一樣

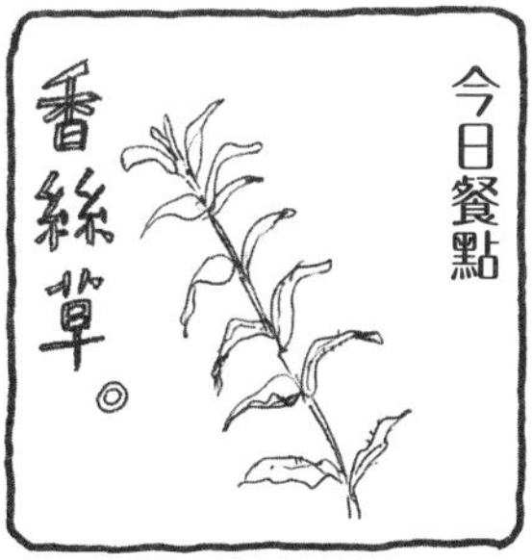

今日餐點
香絲草。

新建的土地上散落著耀眼的白沙，放眼都是三五成群窩在一起的黑尾鷗。

今日餐點

蒿草的小果實
葉子枯了，
長的果實
果然也是
枯的……

ㄟ……用文字
描述地理位置
真難ㄟ……

街
門
雞
海

✎田老地區由兩道巨大堤防嚴加守衛，但海嘯依然突破重圍。
這是兩道堤防之間的通道，望過去是市街。

人們
紳士地排著隊
不過在水泥斜坡溜滑梯
連內褲都會破掉喔！
不唬你！

今日餐點

紫穗稗？
的小果實
葉子枯了，
長的果實
一樣是
枯的啊。

✐從市街方向看同一座堤防。
修建人員特地坐巴士過來，在堤防上開會。

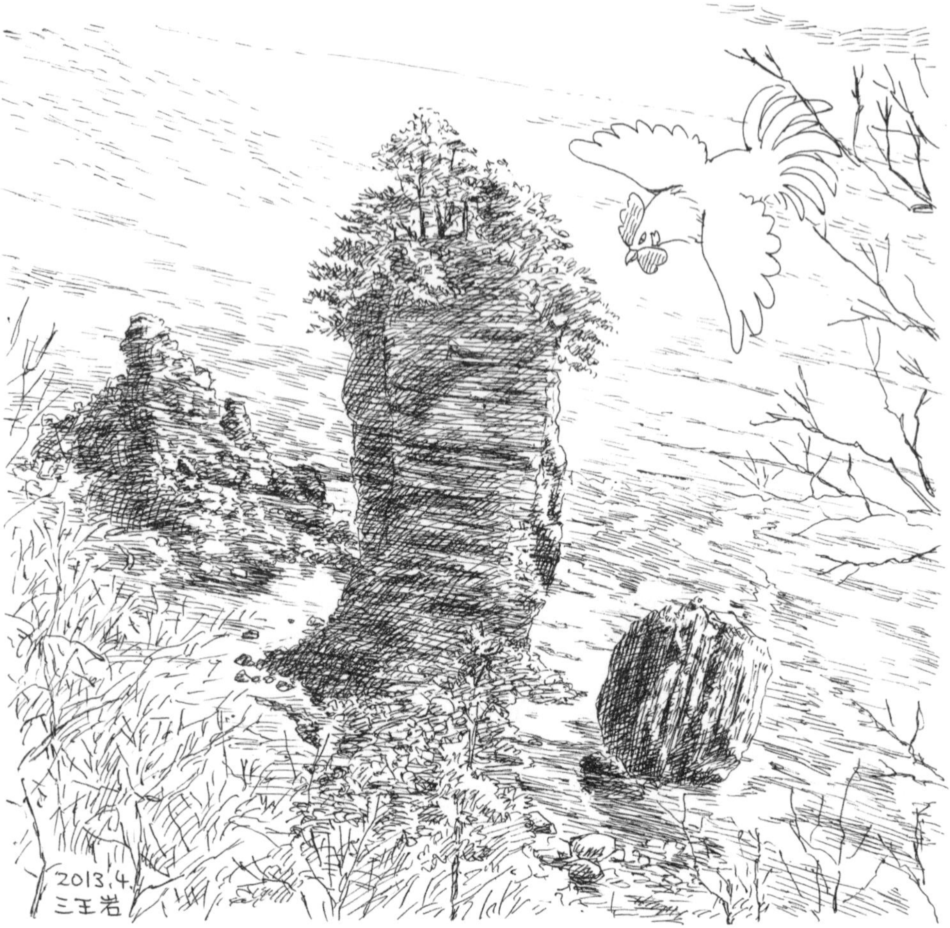
2013.4.
三王岩

我不想多管
情侶閒事，但……
大姊啊
別再偷看了
這位大哥
為了讓妳聽見
在悄悄練習呢

如此這般
聽說最前方的叫女岩
中間的叫男岩
眼前的叫太鼓岩

今日餐點
山間小路上的
酸模草◎

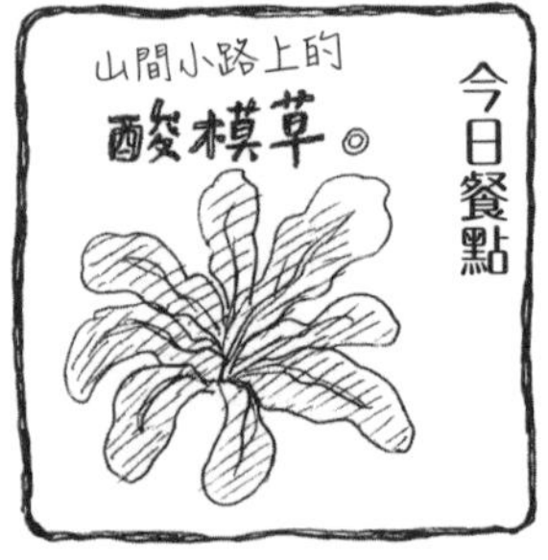

岩層條紋很美的奇岩怪石。聽說太鼓岩（最右側）在海嘯衝擊後微微轉了方向。

因為海面
如此閃亮
你說現實無情
我轉眼就忘
因為海浪
溫柔歌唱
你說現實無情
我轉眼就忘
正因為我
壽命不長
才捨不得花時間
感嘆現實無情
反正轉眼就忘

今日餐點

櫻花

花蜜。

海拔20公尺高的階梯被海嘯捲走。人類當然禁止進入。

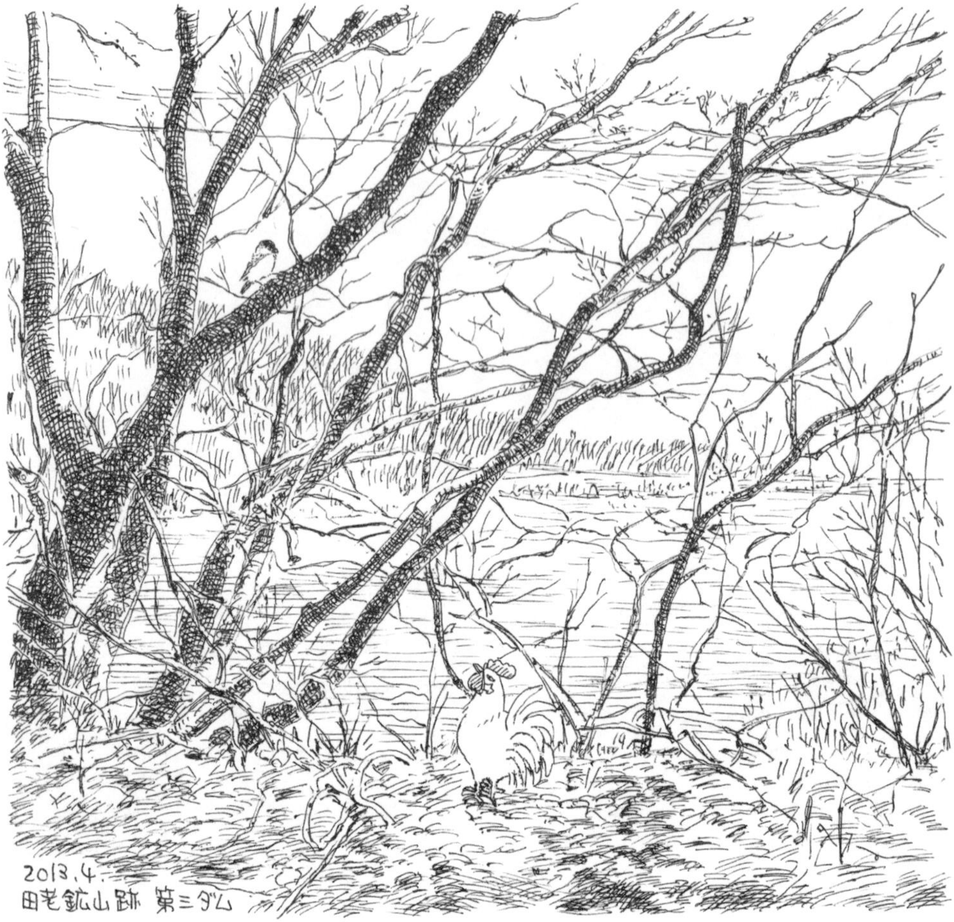
2013.4.
田老鉱山跡 第三ダム

「五十二年前
這一帶發生了
森林大火
現在的樹都很年輕
池子承接了
從礦山流出的
有害物質
水因此變紅
……
雞先生
你不相信嗎？
只因為我是
紅腹灰雀*？」

今日餐點
紅腹灰雀竟然吃了
櫻花的
花芽

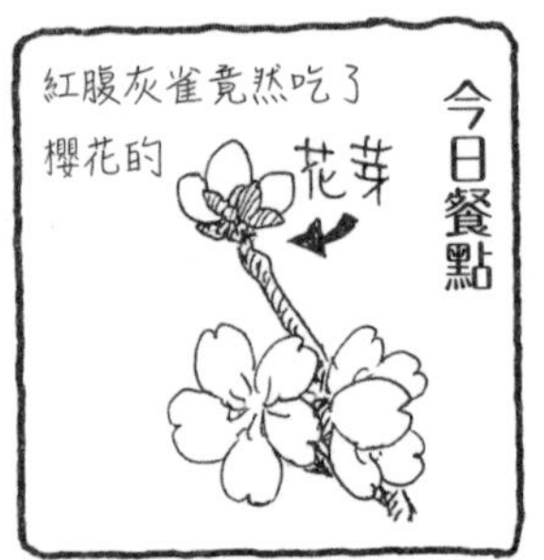

* 日文的「紅腹灰雀」音同「一看就是在說謊」。

✐昭和36年（1961年）發生「焚風大火」，所以林中的樹木都還很年輕。
紅色的池塘是礦山的有害物堆積池。小鳥專門啄食櫻花樹的花苞，導致盛開時節依然光禿禿的。

2013.4. 田老鉱山跡

「唔……
無比巨大
格外耀眼
翅膀能夠掃倒樹木
爪子可以捏碎鋼架
……
聽說這樣的鳥
很久以前來過
記得住在
更遠的西邊」

距離海岸5公里左右的山中礦坑遺址，已於昭和46年（1971年）封閉。
一隻大大的銅長尾雉漫步於堆滿枯葉的山間小徑。

2013.4 盛岡市街 石割桜（いしわりざくら）

謹記教訓

不要

隨便亂丟

櫻桃籽

相傳在3～400年前，彼岸櫻的種子掉入觀景石的裂縫中，就此長大。
我去的時候是4月底，花只開了三成。

2013.4.旭橋と岩手山

雲散開後
只見城市亮起
點點螢光
此刻的任何人
看起來都像妳
因為我在想妳
才會格外相似
就算風將我的低語
帶到妳身邊
早睡的妳
也會當成夢吧

據說春天的殘雪會在岩手山形成老鷹圖案。
當天很溫暖，陽光柔和，卻不時颳起冷颼颼的風。

2年3個月後的遠野

三縣沿岸市町村（岩手縣、宮城縣、福島縣〔不含避難區域〕）之災害廢棄物的處理情形（計算至平成25年9月底）（單位：千噸）☆22

岩手縣：推測量總計5,268
（災害廢棄物：3,737　海嘯堆積物：1,530）
宮城縣：推測量總計17,774
（災害廢棄物：10,600　海嘯堆積物：7,174）
福島縣：推測量總計3,372
（災害廢棄物：1,709　海嘯堆積物：1,663）

喂喂喂！
恭迎雞先生！
座敷童子
快出來！
忘記打招呼了
河童敲打！
……演完了
為了配合這副
大眼鏡
我盡量讓臉
看起來大一點

今日餐點

嗯——……
貓尾草？

位於釜石縣宮守車站附近的橋，通稱「眼鏡橋」。對面有座瞭望台，仍在進行工程。

2013.6. 遠野 鍋倉城址

妻子啊
聽說愛罵
我這沒用老公
的妳身在西方
不知為何
回過神來
我卻朝著東方前進
一見旭日
公雞難免熱血沸騰
⋯⋯⋯⋯
啊，罵我可以
踢和啄都是
錯誤的方向喔！

今日餐點

可愛的圓齒野芝麻。

小丘上竟有如此美麗的瞭望台，在此可飽覽綠意盎然的遠野市街。

花嘴鴨

藍磯鶇

天鵝

2年5個月後的氣仙沼大島・一關

氣仙沼大島

震度：6弱（氣仙沼市） 注1

災害廢棄物的處理情形：

〔宮城縣統計〕（單位：千噸）

災害廢棄物11,210＋海嘯堆積物7,526＝18,736

→處理量18,450，處理率98.5% ☆23

一關

震度：6弱 ☆8

平成23年（2011年）4月7日發生了以宮城縣近海為震央，震矩規模7.1的地震，並觀測到震度6弱的餘震 ☆24

住宅災情：〔全毀〕57棟 〔半毀〕734棟 〔部分損毀〕3,367棟 注5

哦？
澡堂氣氛不錯
上澡堂固然好
只是偶爾會
突然被人抓住
抹肥皂用力搓
或是被人
當成毛巾
捏出浴池

海嘯災情較輕的氣仙沼車站附近。時值暑假，隨處可見遊覽巴士。

笨拙如我
今天斗膽來當
臨時列車小車掌
特快車「公雞號」將從
氣仙沼開往鹿折唐桑
本列車回程時
將會改成
特快車「麻雀號」

今日餐點

紅藜。

從氣仙沼車站前進鹿折唐桑站，此路線目前由公車捷運（BRT）負責營運。鐵軌生滿了鐵鏽。

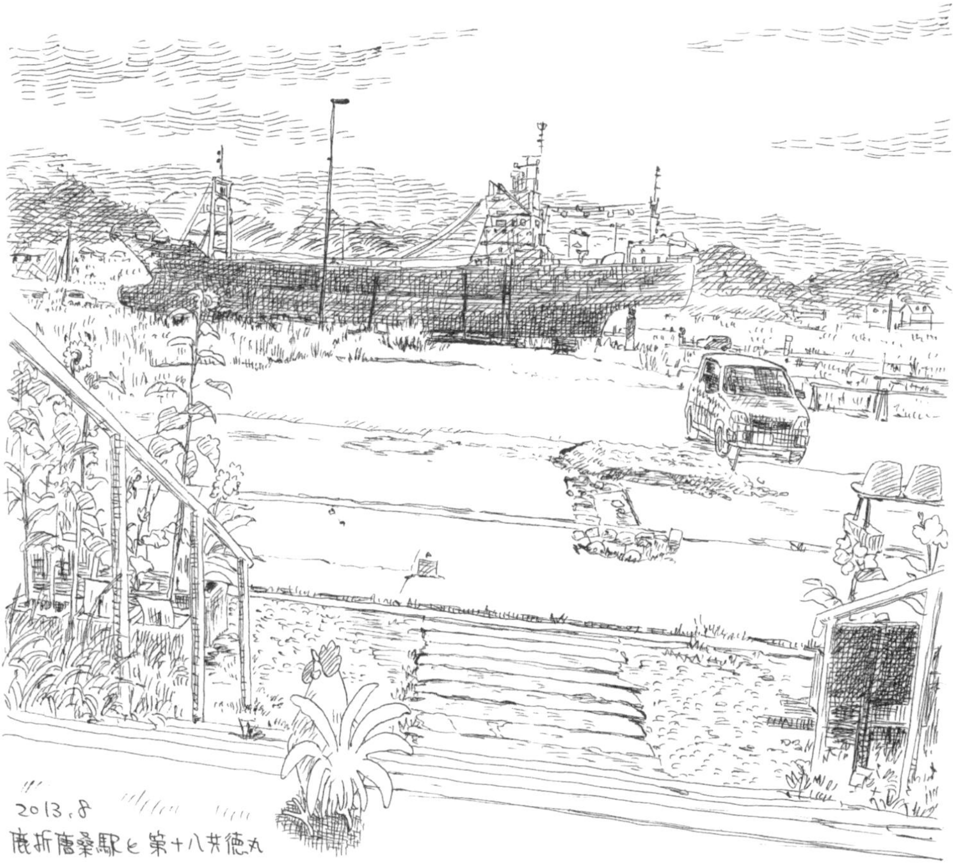

2013.8
鹿折唐桑駅と第十八共徳丸

船大爺啊
你應該也在
旅途上吧
現在只是累了
暫時停下來歇息
不久就會丟下我
去遠方旅行
太好了……
因為你是
內人喜歡的類型！

今日餐點

紅萩草。

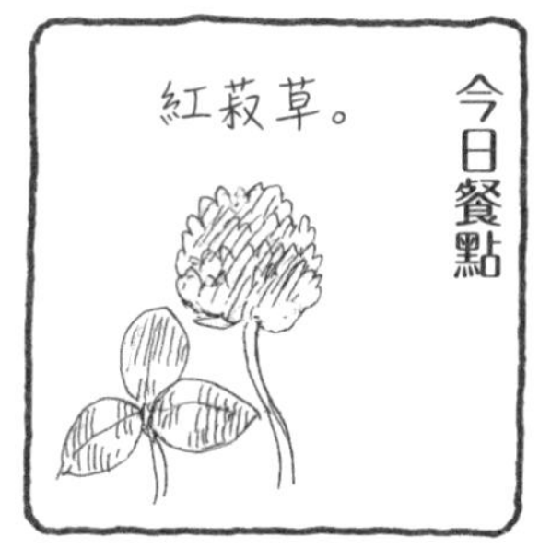

大型漁船已確定撤除，許多人前來為它送行。
撇開感情問題，每天吹海風的金屬，應該很難保存吧。

各位聽著！
別以為東北很冷
就小看了
盛夏的豔陽
進行戶外工程時
別忘了學學地藏
戴上頭巾和披肩！

今日餐點

蒿草的花與葉。

* 指1782～1788年間，發生於日本東北的江戶天明大饑荒，為日本史上最嚴重的饑荒。

為供奉大饑荒*犧牲者而建的地藏菩薩。連後方崖壁也因海嘯而浸水。

太稀奇了！
大小護欄
排排站
而且！
矮小的才是
家長喔

✐地震導致地盤下沉，路面的高低落差日益嚴重。
舊護欄頂部因此露出新鋪的碎石地。

2012.8.
気仙沼，風待ちの港

妻子啊
我曾經想和
半夜不睡的妳
至少看一次
早晨的太陽
尤其是這種
起薄霧的早晨
在那之後
每次飄起晨霧
我都會想起妳
妻子啊
這個心願從未實現
簡直不可思議

✐清晨5點半左右，從廣場飯店的屋頂上看到的風景。
五十鈴神社位在對岸左側的森林裡，鹿折地區位於右側深處。

今日餐點

葵花子還沒成熟,
所以今天吃……
紅萩草的
葉子。

開動囉!

呵
別太熱情地
看我嘛……
很不巧的
比起妳們這些
青澀的小姑娘
我更愛結滿種子
垂下脖子的熟女

海嘯完全沖毀了港口通往田中濱的路，島嶼因此被隔絕。
沿路種植的向日葵全部面向外海。

* 日文的「漁業」音同「沙鳥」。

大島是觀光業和漁業之島。儘管堆滿流木，岸沙仍細如砂糖，非常漂亮。

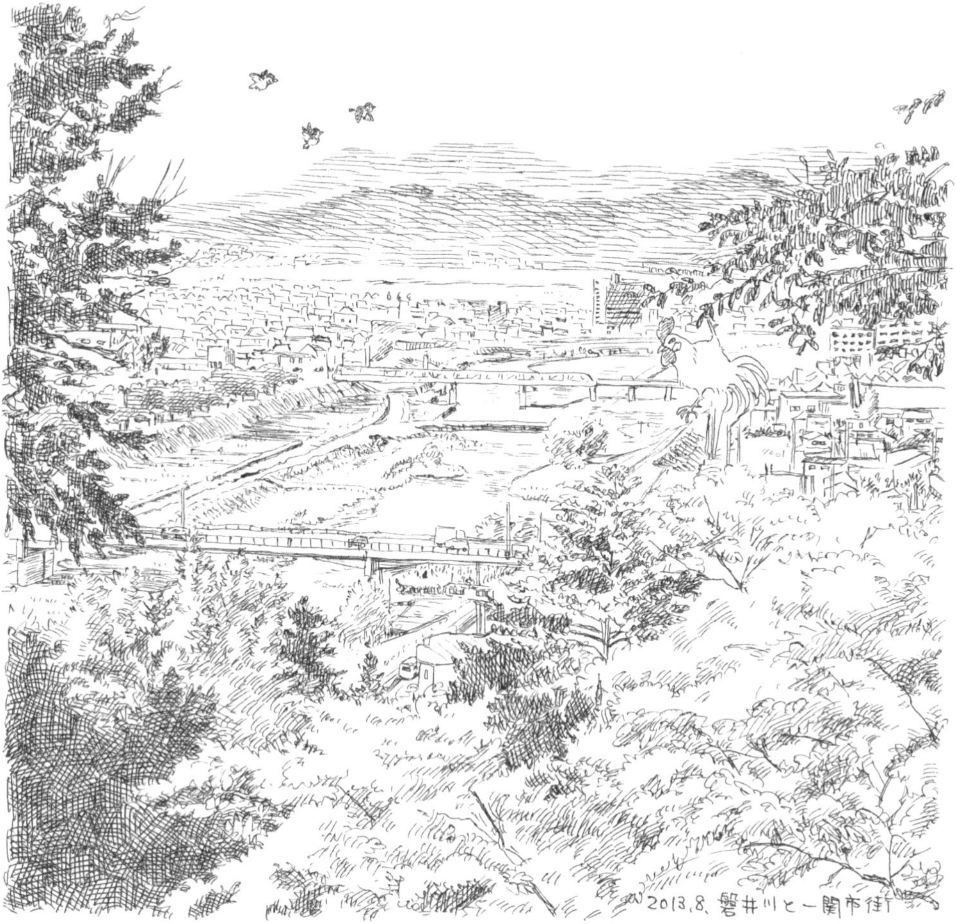

2013.8. 磐井川と一関市街

蟲的振翅聲
汽車的嘶吼聲
樹葉的婆娑聲
以及鳥的歌聲
城市裡
充斥各種聲音
我只聽得懂
鳥的語言……
…………
什麼？
「聽說這裡有
飛天丸子*」？

* 商家在溪谷間拉起繩索，以滑輪吊著竹籃，遊客將錢放入竹籃送去，老闆便將丸子放入竹籃「飛空」送來，因而得名。

釣山公園望見的風景。我在公園裡邂逅了小隻的四線錦蛇和獨角仙。
附帶一提，嚴美溪名產「飛天丸子」就在西邊數公里處。

2013.8. 旧沼田家武家屋敷

既然丸子
能在天上飛
鳥只能潛入地底
一較高下

我們公雞
生性好強
羽毛下一身是膽

✐市街保留了古時的茅草屋。
恕我再次強調，嚴美溪名產「飛天丸子」就在西邊數公里處。

紅腹灰雀
海鷗
銅長尾雉
蒼鷺

2年半後的
鹿角・盛岡

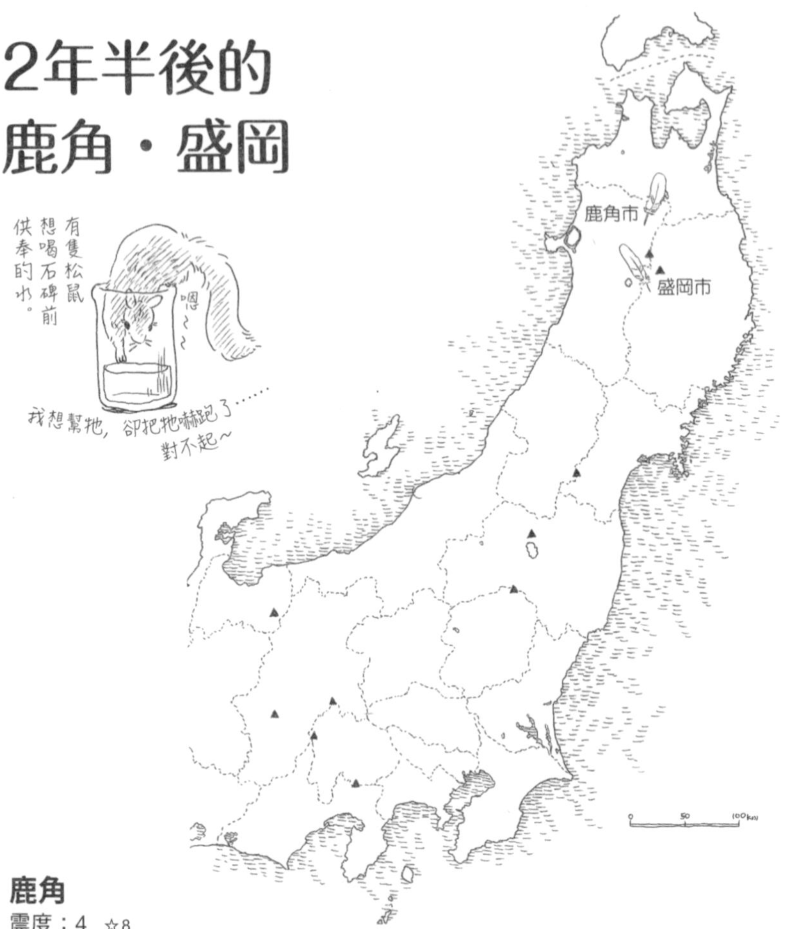

鹿角

震度：4 ☆8
秋田縣的災情：〔住宅災情〕部分損毀4棟 〔非住宅災情〕全毀3棟、部分損毀5棟
鹿角市前往外縣避難的收容狀況：
〔總收容數〕宮城縣8戶18人、福島縣1戶1人
〔其他（民宅等）〕宮城縣3戶12人、福島縣1戶1人
〔應急組合屋（民間貸款住宅）〕宮城縣5戶6人 ☆25

盛岡

震度：5強 ☆8
住家災情：〔半毀〕9棟 〔部分損毀〕984棟 注5
市立公共設施災情：
〔建築物災情〕141棟建築的牆壁、天花板等出現龜裂或電燈脫落
〔道路等災情〕19處市街等出現龜裂或地磚脫落
〔供水管線災情〕9處配水管線等破裂
〔下水道災情〕6處下水管線等破裂
〔其他設施災情〕2處破損（停車場龜裂、私有土地路邊斜面坍方）☆26

2013.9. 鹿角市 尾去沢鉱山

我討厭黑的地方
不是因為害怕喔
是擔心馬上睡著
我討厭濕的地方
不是因為害怕喔
是因為腳會冰冷
我討厭狹窄的地方
不是因為害怕喔
是擔心會撞到牆
換句話說
感覺可怕的地方
都只是討厭而已
絕對不是因為
害怕喔

✐據說8世紀發現了產金與銅的礦山。
後於昭和53年（1978年）關閉，現在僅對外開放部分坑道。

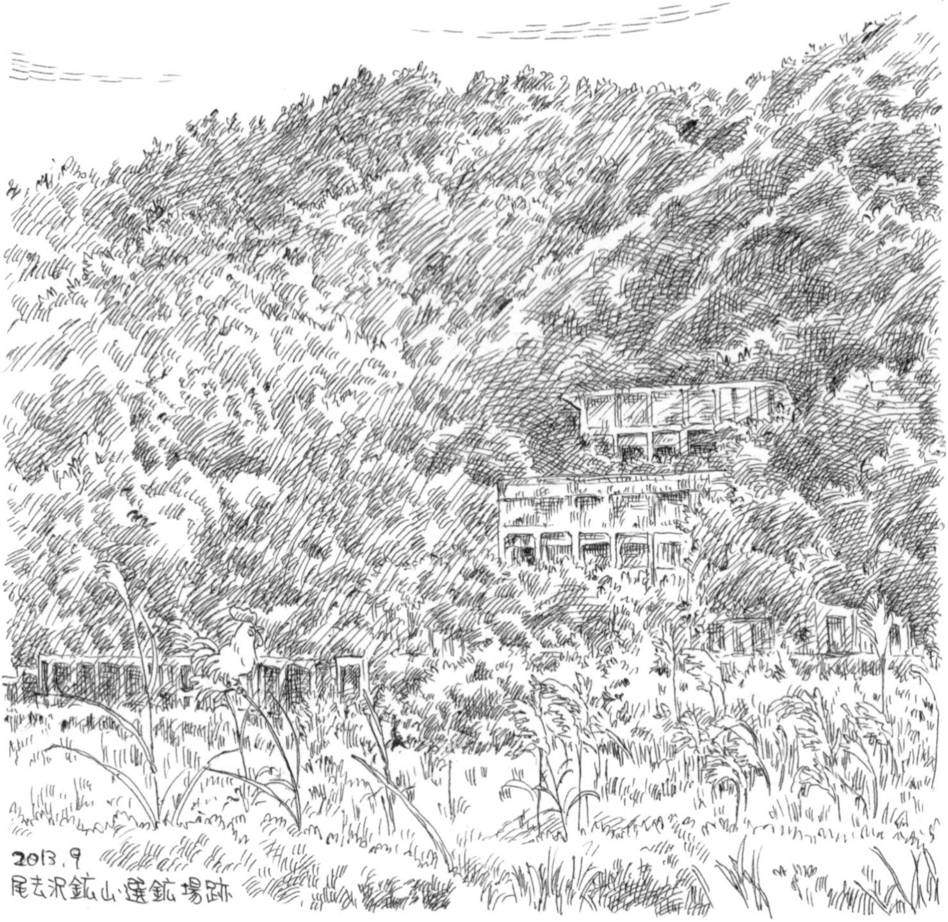
2013.9
尾去沢鉱山 選鉱場跡

沒錯
我和妻子在此相遇
那天妻子受傷
沒說原因
想必不是
太好的回憶
所以妻子應該
不會再來了吧
我雖然清楚
仍然想確認
能否和妻子相遇
回過神便走到這裡
妻子啊
偶爾示弱一下
也挺好

今日餐點
哦？
路邊開著蕎麥花。

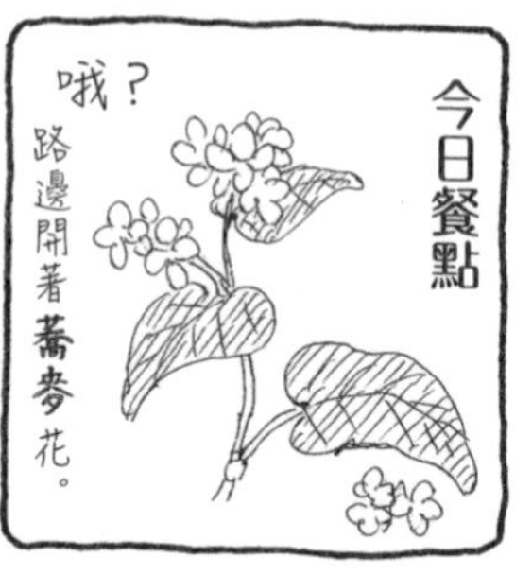

✎蒐集、碾碎、分離礦石的設施遺址，如今只剩下地基了。

2013.9
鹿角花輪駅前

各位好
歡迎來到
我的故鄉！
他是當地明星
聲良雞*先生
來，盡情和
聲良雞先生合照吧！
歡迎和朋友約在
聲良雞先生的
腳下碰面喔！

* 日本特有品種。

聲良雞以叫聲悠長宏亮聞名，被指定為秋田縣的在地天然名產。
銅像之外，路燈也如畫中的那樣可愛。

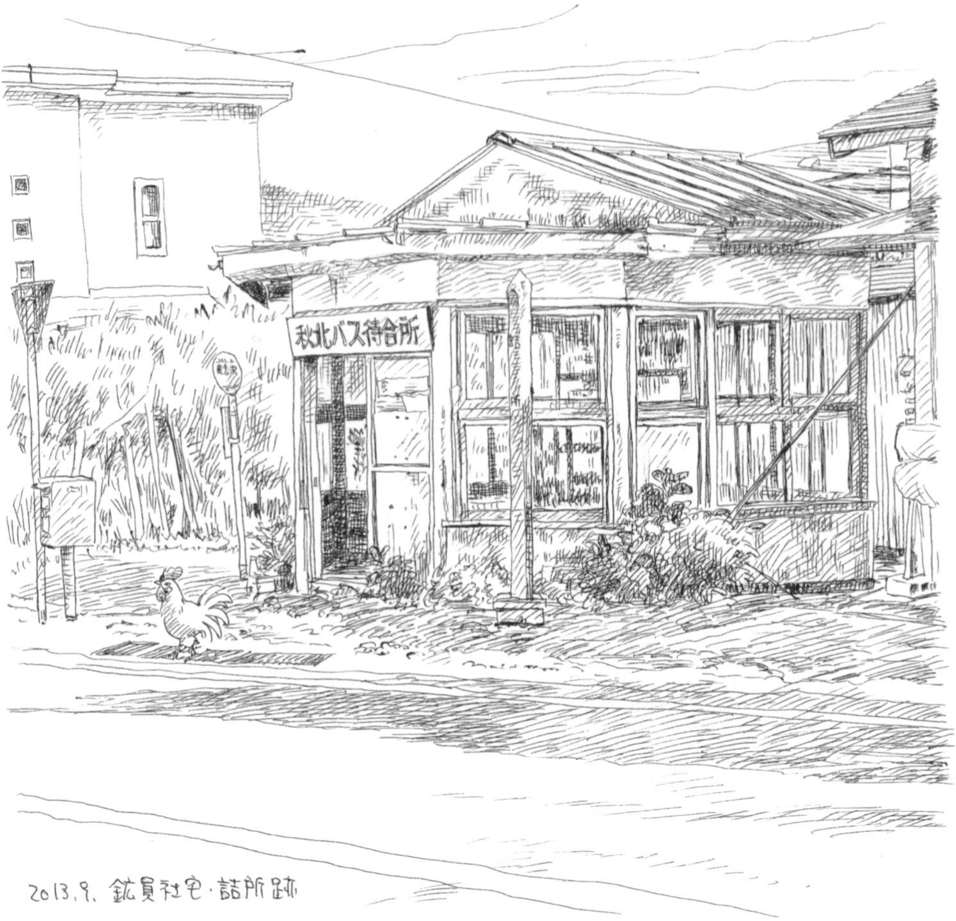

秋北バス待合所
2013.9. 鉱員社宅・詰所跡

提到故鄉
在孵蛋器
出生的我
也不知道手足是誰
也不曉得夥伴
的消息
或是故鄉的風景
即使如此
這股清新香甜的空氣
仍令我懷念
我因為想當偶像歌手
而擅自離家
說來有點慚愧*

今日餐點
發現栗子!

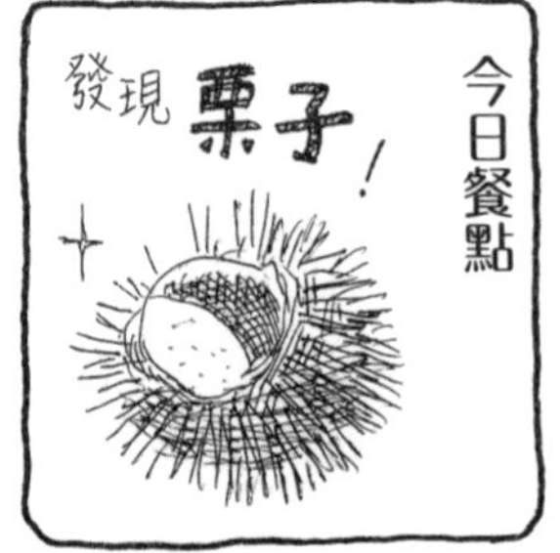

* 日文的「慚愧」音同「鹹」，因此這句話也有「空氣聞起來帶點鹹味」的雙關之意。

✐礦工宿舍旁，分區蓋了小小的待命處作為聯絡及管理之用，現在成了公車站。

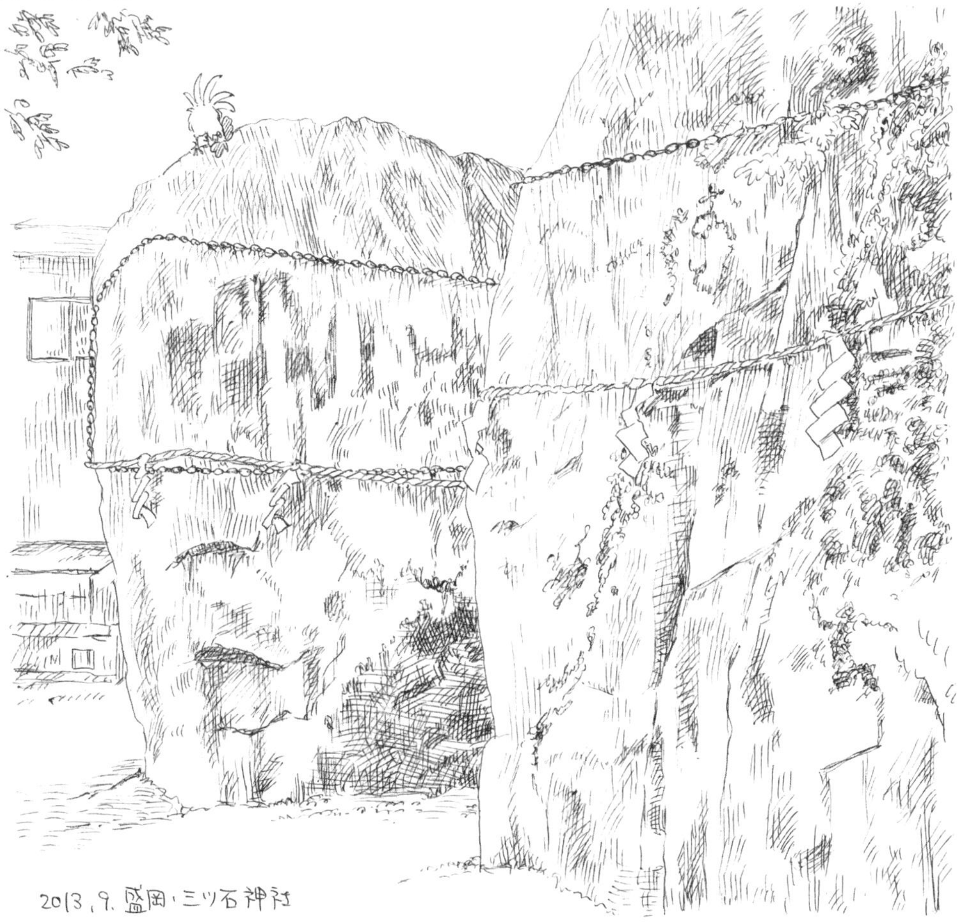

2013.9. 盛岡・三ツ石神社

找尋妻子的足跡
已經過了兩年
妻子啊
我快忘記妳的聲音了
妻子啊
我不曾像今天這樣
渴望和妳說話
妻子啊　妻子啊
聽說這塊岩石
凹下的部分是
鬼手印
但這一定是妳的
母雞飛踢印吧？

今日餐點

紅萩草。

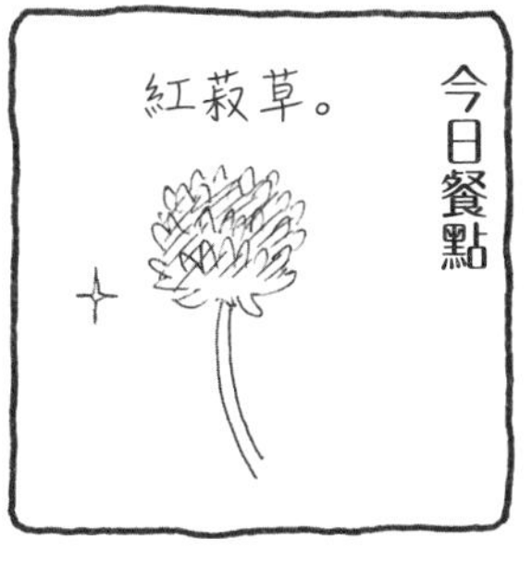

✎傳說鬼在這塊岩石按下手印，發誓「永不作亂」。這是地名「岩手」的由來。
上面的確有凹痕，但看不出是什麼印子。

〈問〉
即使鐵軌中斷
草覆蓋鐵路
無人在等待
卻即將到來的事物
是什麼呢？

〈答〉
冬天！

今日餐點
魁蒿的果實！

軌道已經移至內陸，山下車站預計與旁邊的坂元車站合併。
夕陽下的天空有天鵝飛過。

引用資料

注1　關於平成23年（2011年）東北地區太平洋近海地震（日本東北311大地震）（第149期）　平成26年3月7日13時　消防廳防災對策總部
注2　平成23年日本東北311大地震的災情與警政措施
公開資料　平成26年3月11日　警察廳緊急災害警備總部
注3　日本東北311大地震相關死亡人數（平成25年9月30日調查結果）
平成25年12月24日　復興廳　內閣府（防災負責）消防廳
注4　關於透過實地調查在海嘯觀測點附近測量到的海嘯高度　媒體資料　平成23年4月5日　氣象廳
注5　平成23年日本東北311大地震（第149期別刊）
平成26年3月7日　1被害狀況　平成26年3月1日
注6　岩手縣、宮城縣、福島縣之淹水影響範圍與相關基本單位區（調查區）所提供的人口及戶數　總務省統計局　統計調查部地理情報室
注7　國土交通省住宅局　應急組合屋開工到竣工狀況・平成24年12月3日更新表格
注8　平成23年日本東北311大地震之災情即時報導（第1163期）
平成26年4月7日8時　福島縣防災對策總部
☆1　大槌町日本東北311大地震海嘯復興計畫　基本計畫　平成23年12月　岩手縣大槌町　岩手縣地警備部河川課
☆2　鹽竈市官網　鹽竈市的災情　災情概要
☆3　日本東北311大地震造成的松島町受災情形等　平成24年1月13日
☆4　日本東北311大地震的資料　東北學院1年的紀錄　東北學院大學
東北各地的海嘯高度 「日本東北311大地震海嘯聯合調查團體」
☆5　陸前高田市官網　日本東北311大地震造成的本市災情　平成24年10月23日
☆6　八戶市官網　地震、海嘯概要與災情
☆7　青森縣官網　日本東北311大地震紀錄誌〈紀錄與記憶〉
第2章受災概要第2節　避難情形
☆8　國土交通省　氣象廳　震度資料庫搜尋（地震別之搜尋結果）
☆9　中央區官網　關於發生在中央區之海嘯及土壤液化
☆10　針對因日本東北311大地震而無法返家民眾的對策（第6期）
平成23年3月12日4時　東京都災情即時應變總部　（別刊2）針對無法返家民眾的應變設施
☆11　日本東北311大地震在岩手縣各地造成的震度　平成23年4月　地震、火山月報（防災篇）（氣象廳）
☆12　各都道府縣呈報的避難人數　平成25年8月12日　（復興廳調查）

☆13 每日新聞　平成25年9月19日20時1分（最後更新時間9月19日20時10分）
日本東北311大地震：南三陸町防災廳舍、當地為何放棄保存
☆14 日本東北311大地震在宮城縣各地造成的震度　平成23年4月　地震、火山月報（防災篇）（氣象廳）
☆15 沿岸海嘯高度與人為破壞之關係（引自平成23年日本東北311大地震實例）
☆16 東京電力股份有限公司・福島第一核電廠意外：對環境造成的影響：關於避難
Copyright©2011　日本核能文化振興財團
福島、楢葉町之「警戒區域」、8月10日解除：福島核電廠：特輯：YOMIURI ONLINE
朝日新聞電子報：福島縣楢葉町解除警戒區　回家並修復基礎建設：日本東北311大地震
☆17 福井新聞　即使避難解除仍回不了家的當地居民　福島縣雙葉郡廣野町（平成24年3月2日9時3分）
☆18 日本東北311大地震　三陸沖大地震造成的縣內震度　山形新聞
☆19 山形縣官網　農作物等災情（5月11日17時）
縣內避難者的收容狀況（平成26年3月20日17時）
☆20 移居福島縣外避難者的避難狀況
※出自復興町「地震造成的避難者的避難場所別之人數調查」
調查時間：平成26年3月13日
復興町提供的資料：平成26年3月27日
☆21 地震海嘯造成的田老町災情　辻本研究室　5109421　林　那須弘
☆22 災害廢棄物等之處理進度　平成25年10月25日　環境省廢棄物・回收對策部
三縣沿岸市町村（岩手縣、宮城縣、福島縣〔不含避難區域〕）造成的災害廢棄物等之處理狀況（平成25年9月底）
☆23 關於災害廢棄物之處理狀況
※以環境省公開的資料製成（平成26年1月31日）　1現狀
☆24 一關市官網　日本東北311大地震～復興的過程～　含市內災情
平成23年4月11日（距離日本東北311大地震一個月）一關市長勝部修
☆25 秋田縣官網　平成23年日本東北311大地震等之相關災情
平成23年9月5日9時　秋田縣防災警戒部
從外縣流入的避難者之收容狀況（總表）（第77期）平成26年3月3日
☆26 宮城縣官網　盛岡市災情　市立公共設施災情　平成24年6月22日更新

我想寫信給太陽
日の鳥

作者——河野史代
譯者——韓宛庭

執行長——陳蕙慧
主編——周奕君
行銷企畫—吳孟儒
封面設計—霧　室
排版——張彩梅

社長——郭重興
發行人兼
出版總監—曾大福
出版——木馬文化事業股份有限公司
發行——遠足文化事業股份有限公司
地址——231新北市新店區民權路108之4號8樓
電話——02-22181417
傳真——02-22181009
Email——service@bookrep.com.tw
郵撥帳號—19588272木馬文化事業股份有限公司
客服專線—0800221029
華陽國際專利商標事務所　蘇文生律師
印刷——前進彩藝有限公司
初版——2018年4月
初版二刷—2018年4月
定價——260元
ISBN——978-986-359-506-9

歡迎團體訂購，另有優惠，請洽業務部02-22181417分機1124、1135

國家圖書館出版品預行編目（CIP）資料

我想寫信給太陽／河野史代著；韓宛庭譯. -- 初版. -- 新北市：木馬文化出版：遠足文化發行, 2018.04
144面；14.8×21公分
ISBN 978-986-359-506-9（平裝）

861.67　　107001963